24.80

SALTO

»Diese hundert Romane in kürzester Form ballen das ganze Manganellische Textuniversum zu Drogen zusammen, die den Leser rasch in diesen typischen Rauschwirbel aus Hypothesen versetzen, der alle Texte Manganellis umgibt.«

Christina Weiss, Süddeutsche Zeitung

Das heiterste und charakteristischste Buch des italienischen Autors: Es werden hundert höchst unterhaltsame Romane erzählt (mit Mord und Totschlag, Lug und Trug – wie es sich für Romane gehört) und gleichzeitig in einer Art künstlerischen Zirkus hunderterlei Erzähl- und Darstellungsweisen vorgeführt, selbstverständlich auch noch mit sehr unterschiedlichem Personal.
Und doch Romane in der kürzesten Form. Eine Pille, die genügt, den Leser in den aufregenden Zustand der fortspinnenden Phantasie zu versetzen.

GIORGIO MANGANELLI

100 ROMANE IN PILLENFORM

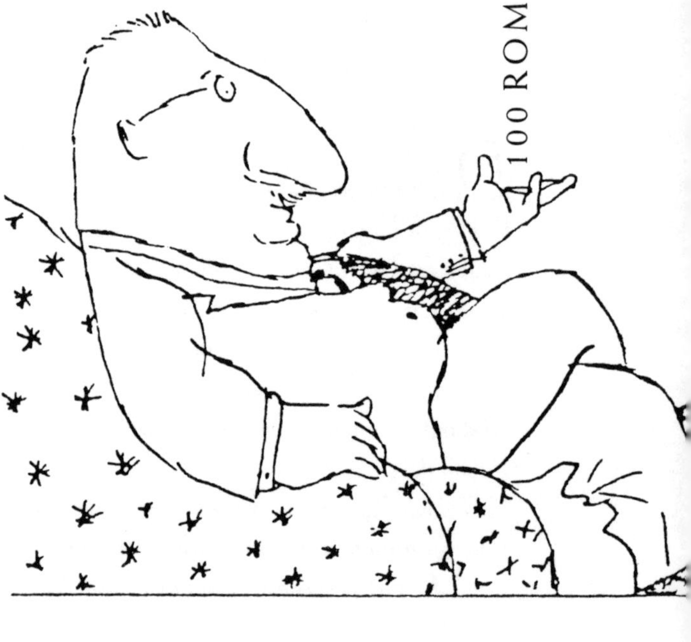

IRRLÄUFE

Aus dem Italienischen von
Iris Schnebel-Kaschnitz
Mit Zeichnungen von
Tullio Pericoli
und einem Interview mit
Ludovica Ripa di Meana

Verlag Klaus Wagenbach Berlin

»Die beste, aber auch kostspieligste Art, dieses Büchlein zu lesen, wäre folgende:

Man erwerbe das Nutzungsrecht an einem Wolkenkratzer,
der genausoviel Stockwerke zählt
wie der zu lesende Text Zeilen:
auf jedem Stockwerk bringt man einen Leser unter,
der ein Buch in der Hand hält;
jedem Leser gebe man eine Zeile;
nun beginnt der oberste Leser,
von der Spitze des Gebäudes hinunterzustürzen,
und
während
er
nacheinander
an
den
verschiedenen
Fenstern
vorbeifällt,
liest
der
Leser
des
betreffenden
Stockwerks
mit
lauter
und
klarer
Stimme
die
ihm
anvertraute
Zeile.«

GIORGIO MANGANELLI

Italo Calvino VORWORT

Als sich die Gestalt von Giorgio Manganelli am Horizont abzeichnete, änderten sich mit einem Schlag die perspektivischen Verhältnisse der umliegenden literarischen Landschaft. Voll ausgereift und mit allen seinen Talenten bewaffnet, ging er, wie Minerva aus dem Haupt Jupiters, aus seinem ersten Buch *Hilarotragoedia* (deutscher Titel *Niederauffahrt*) hervor, das 1964 erschien, als er schon zweiundvierzig Jahre alt war. Trotzdem wäre es falsch zu sagen, sein Ruhm in Italien sei nur auf die erlesensten literarischen Kreise beschränkt geblieben. Als querköpfiger Kommentator von Tagesereignissen ist er in Tageszeitungen und Wochenmagazinen mit großer Auflage ständig präsent. Das bedeutet, daß er auch ein breiteres Publikum in sein Spiel zu verwickeln versteht, ohne seinem Geist und seinem Stil untreu zu werden.

Manganelli ist der italienischste aller Autoren der Gegenwart, aber gleichzeitig auch ein Einzelgänger innerhalb der italienischen Literatur. Der italienischste, denn er kommt unmittelbar von der Prosa unseres siebzehnten Jahrhunderts, das prächtige Schauspiel seiner ausgeklügelten Syntax, seiner überraschenden Nomen, Verben und vor allem der Adjektive, ebenso wie seine Kunst, aus dem belanglosesten Vorwand Wortfontänen, einen Strudel von Analogien und Wasserfälle erheiternder Erfindungen entspringen zu lassen. Manganelli greift also zurück auf die italienische Literatur zwischen Renaissance und Barock, die für Europa die unersätzliche Funktion eines Wundervorrats hatte; das gilt nicht nur für das Raunen der Kosmologen und der Theoretiker der Magie, sondern auch für die Metaphern der Dichter und für deren phantastische Visionen. Gleichzeitig ist er ein Einzelgänger innerhalb der heutigen italienischen Literatur, denn erbarmungslos demoliert er sämtliche tugendhaften und lehrreichen, sogar sämtliche erklärenden Absichten, die im neunzehnten und zwanzigsten Jahrhundert unsere Literatur beherrschten, ebenso jeglichen Anspruch, auf irgendeine Weise in der Geschichte der Gesellschaft etwas zu bedeuten. Folgerichtig hat er seiner grundlegenden theoretischen Schrift den Titel *Literatur als*

Lüge (1967) gegeben. Diesem Programm gegen eine Literatur, die lehrreich der Tugend und dem Leben zugewandt ist, hat Manganelli standhaft und rigoros die Treue gehalten. (Wie es ihm auf diesem Weg trotzdem gelingt, die eigentliche Funktion eines »Moralisten« und sogar – und nun verwende ich einen Ausdruck, der seinen Sarkasmus auf den Plan rufen würde – »eines Interpreten unserer Zeit« auszuüben, ist eine Unternehmung, die man sich nur vorstellen kann, wenn man sie am Werk sieht.)

Seiner Poetik der »Lüge« entspricht die kritische Methode, die er bei seiner unablässigen Arbeit als Essayist anwendet. Das Terrain seiner Wahl sind die angelsächsischen Literaturen (er war Professor für englische Literatur an der Universität Rom; als Übersetzer hat er Außergewöhnliches vollbracht, so zum Beispiel die Übertragung aller Erzählungen Poes ins Italienische), aber seine Gelehrsamkeit und seine Neugier trieben ihn dazu, alle Abteilungen der Weltbibliothek zu durchforschen. Als Kritiker ist Manganelli zweifellos ebenso originell wie als Schriftsteller: Es gelingt ihm, die klassischen wie die zeitgenössischen Autoren in ihrer Einzigartigkeit und in ihrem Wert darzustellen, auch wenn sie seiner eigenen Poetik fern stehen oder ihr entgegengesetzt sind, indem er sie jenseits der Gepflogenheiten der Literaturkritik und jenseits jeglicher historischer Einordnung beschreibt.

Meinen Versuch, seine Gestalt annäherungsweise zu definieren, will ich nun mit der Behauptung fortsetzen, daß niemand in größerem Maß als er gleichzeitig ein Vertreter der Tradition und der Avantgarde ist. Der Tradition, weil er beim Bau seiner Sätze und in der Logik seiner Erfindung und Argumentierung immer von einem sehr strukturierten und gebildeten Ideal der Form ausgeht. (Als sein Vorbild können wir Swift bezeichnen, der seinen saturnischen Humor und seine Obsessionen bis in die letzten Folgen entfesselt.) Der Avantgarde, weil er beim Gebrauch seines Denkens und seiner Ausdrucksmittel vor keiner Herausforderung zurückschreckt. Die subversive Ladung seines Schreibens explodierte zu Beginn der sechziger Jahre, als die italienische Literatur brodelte wie ein Kessel über dem Feuer des lange unterdrückten Wunsches einer radikalen Erneuerung. Es ist also selbstverständlich, daß Manganelli zusammen mit Edoardo Sanguineti zu den bedeutensten Persönlichkeiten der »Neoavanguardia«, der sogenannten »Gruppe 63«, gehörte, obwohl er schon älter war als die anderen und ein zum Teil ganz anderes kulturelles Hinterland hatte.

Sein Weg beginnt 1964, wie gesagt, mit *Niederauffahrt,* dem Traktat über die »absteigende« Natur des Menschen, in dem Daseinsängste in Clownsfaxen übersetzt werden; mit *Nuovo commento* (1969, deutscher Titel *Omegabet*) dringt er zum Gipfel der Abstraktion vor, indem er eine Rhetorik walten läßt, die über die Leere die Kuppeln ihrer Kathedralen baut; mit *Agli dei ulteriori* (1972; *An künftige Götter*) erreicht er in einem verzückten Größenwahn die Fülle seines Schaffens; mit *Sconclusione* (1976; *Unschluß*) versinkt er in einer Hölle, in der die menschliche Gestalt in Entstellungen auftritt, die von einem süchtigen Leiden belebt erscheinen; mit *Amore* (1981; *Amore*) feiert er die Ruhmesblätter einer Poetik, die sich um so prunkvoller entfaltet, je mehr ihr bewußt ist, daß sie mit den Schnörkeln ihrer Ornamente das Nichts umwickelt; mit *Discorso dell'ombra e dello stemma* (1982) überläßt er sich einer Vervielfältigung der Spiegel in einer Metaliteratur ohne Ende.

Centuria (1979; *Irrläufe. Hundert Romane in Pillenform*) unterscheidet sich vollkommen von allen diesen seinen anderen Büchern. Was ich bis jetzt über Manganelli gesagt habe, könnte den Anschein haben, als passe es nicht für dieses Buch mit seiner konzisen und aufs Wesentliche beschränkten Schreibweise und seinen knapp gefaßten und konzentrierten erzählerischen Erfindungen. Aber trotzdem handelt es sich mehr denn je um einen echten Manganelli: Das Universum dieser Romane, die nur eine Seite lang sind, ist dasselbe wie das in den anderen Büchern, in denen die höllische Vielfalt seiner Metaphern losgelassen ist wie in einem Hexensabbat. Es ist dasselbe Universum, in dem auch der dunkel gekleidete Herr und seine Verfolger (Sieben) seit eh und je ihre Flucht weiterführen; in dem der Herr im Leinenanzug es nicht schafft (Sechzehn), von acht bis neun Uhr früh die Zeit nur als Zeit zu verbringen; in dem der alte Herr (Neunundzwanzig) an einen mysteriösen Ort gerät, der das Zentraldepot des Unterbewußten zu sein scheint; in dem menschliche Beziehungen sich in den Bahnen einer gewundenen, labyrinthischen Kombinatorik bewegen (Fünfzehn oder Sechsundfünfzig).

Daß die Psychologie der Rohstoff der vermeintlichen Abstraktionen Manganellis ist, wußten wir schon aus den anderen Büchern; nur tritt dies hier so offensichtlich und mit einer solchen introspektiven Schärfe zutage wie in einer Sammlung von »Charakteren«: der Mann, der es liebt, bei einer Verabredung zu warten (Dreiunddreißig), oder die Beziehungen zwischen dem etwas kurzsichtigen

Herrn und der schweigsamen Dame (Zweiundzwanzig) oder die Methode, mit der sich der an Schlaflosigkeit leidende Mann aus der Welt zieht (Neunundneunzig).

Der andere Pol von Manganellis Universum (symmetrisch zur Psychologie und oft deren Spiegelbild) ist die Theologie, selbstverständlich eine Theologie des Nicht-Daseins. Während die anderen Bücher eine Summa dieser Theologie enthalten, tritt sie hier in Gleichnissen auf: wie das vom Wärter der öffentlichen Bedürfnisanstalt (Achtzig) oder das vom glaubenslosen Architekten (Sechsunddreißig) oder von einer höllischen Erschaffung der Welt (Siebenundneunzig.)

Irrläufe ist ein außergewöhnliches Buch, sein Reichtum an Motiven läßt sich in dieser kurzen Notiz nur andeuten, die ja auch nichts anderes sein sollte als eine allgemeine Einordnung von Manganellis Werk und eine Aufforderung, die Schwelle dazu zu überschreiten.

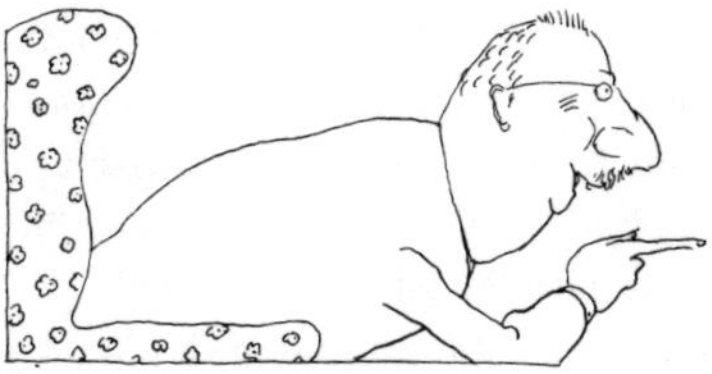

1 NEHMEN wir einmal an, daß eine Person die gerade einer anderen Person einen Brief schreibt – das Geschlecht bzw. die Geschlechter sind dabei unwesentlich – in einem bestimmten Augenblick den Verdacht hegt oder einfach bemerkt, leicht betrunken zu sein. Nein, es handelt sich nicht um eine lästige, laute und abstoßende Betrunkenheit – es sei denn aufgrund der Tatsache, daß Betrunkenheit als Hyperbel der Existenz die eigene innerste Widerwärtigkeit wie es im Schulaufsatz hieß »zur Evidenz bringt«.
Der Schreibende könnte nun – betroffen von der Offenbarung seiner Trunkenheit – einfach davon absehen weiterzuschreiben. Die trübe Klarsicht des Trunkenseins könnte ihm nahelegen, von jeglicher weiteren Rede abzusehen. Aber wenn er davon absähe, weiteres zu schreiben, dann gäbe er damit eine vernünftige Interpretation der dem Trunkensein eigenen Unvernunft; er kann also von seinem Thron eines Schreibenden nur herabsteigen, indem er sich selbst als untrunken, als Rolle, als Maske, als Fälscher seines trunkenen Selbst erkennt. Aber von dem Augenblick an, wo er die eigene Trunkenheit bemerkt oder zu wissen glaubt, daß er sie bemerkt hat, ist er nicht mehr bereit, darauf zu verzichten, ja will es nicht mehr und duldet es nicht mehr. Also wird seine Trunkenheit von diesem Augenblick an eine freiwillige sein, eine nichtnotwendige Wahl – sei sie auch stark angeraten durch Schläfrigkeit, moralische Irritation, Unbehagen und Wohlbefinden, beides wunderlich vereint – was alles er als Symptome der Trunkenheit betrachtet. Er wird also weiterschreiben. Wird er nun aber in besonders sorgfältiger Weise weiterschreiben müssen, oder im Gegenteil in unschuldiger, ungenauer, vorsündenfälliger Weise? Er lehnt es ab, sich selbst zu überwachen, zumal er seit jeher weiß, daß die Vorsicht zum Schweigen neigt, aber nicht etwa zum Schweigen der Enthaltsamkeit, sondern zur groben und grausamen Enthaltsamkeit des Knebels. Die Unschuld stößt ihn im übrigen gleichermaßen ab – besonders die lediglich aus der Komplizenschaft eines Glases gegorenen Saftes aufgelesene.

Doch kaum hat er diese Worte zuendegeschrieben oder zuendegedacht, kann er nicht umhin sich zu fragen, welche andere Unschuld es wohl gäbe, wenn nicht diese – ein wenig giftig und zerstreut. Es ist also die Unschuld, über die er das Wort zu sprechen hat – seine eigene Unschuld. Es gibt also keinen Kompromiß zwischen der Feigheit solcher Unschuld und der Würde der Lüge? »Mein Lieber«, so schreibt er, »wenn alles schändlich ist außer der Schändlichkeit, muß ich dann nicht doch den unschuldigen Frieden der Schändlichkeit weiter verfolgen?« Aber die Worte trotzen ihm, und er ist wütend.

2 EIN Herr von leidlicher Bildung und ehrbaren Sitten traf nach monatelanger Abwesenheit – bedingt durch schrecklich kriegerische Ereignisse – die Frau, die er liebte. Er küßte sie nicht, sondern zog sich wortlos zurück und erbrach sich lange. Der erstaunten Frau wollte er keinerlei Erklärung für sein Erbrechen geben; auch sonst erklärte er es niemandem, und erst mit der Zeit gelangte er zu der Erkenntnis, daß jenes Erbrechen all die unzähligen Bilder der geliebten Frau aus seinem Körper ausgestoßen hatte, die sich in seinem Körper abgesetzt und ihn liebevoll vergiftet hatten. In diesem Augenblick aber begriff er, wie wenig es ihm künftig noch möglich sein würde, diese Frau so zu behandeln, als hätte es zwischen ihnen nur Liebe gegeben: eine weiche Liebe, die einzig danach trachtet, alle Hindernisse zu überwinden und die Haut des anderen zu berühren, in Ewigkeit. Er hatte die Giftigkeit der Liebe erfahren und hatte erkannt, daß das Gift der Entfernung nur eine Alternative ist zum Gift des Vertrauten, und daß er die Vergangenheit erbrochen hatte, um dem Erbrechen der Zukunft den Weg zu bahnen. Auch wenn es ihm unmöglich war, es irgendjemandem zu erklären, so wußte er doch genau, daß gerade das Erbrechen – und nicht die Seufzer – das Symptom einer notwendigen Liebe ist, ebenso wie der Tod das einzig sichere Symptom des Lebens.
Seit jenem Augenblick befindet er sich in der köstlich peinigenden Lage, daß er die Frau, die er unzweifelhaft liebt – ja die er in unerträglicher Weise liebt, seit er sie an seinem Erbrechen teilhaben ließ – weder verachten, noch umwerben, noch liebkosen, noch bewundernd betrachten und sie auch nicht in sein Geheim-

nis einweihen kann: daß er sie nämlich, um sie ganz anzunehmen, verschlingen und sich einverleiben muß, bis zu dem Augenblick, wo sie sich als Gift erweist, was ihr nicht bewußt ist und was er ihr nicht erklären möchte. Indessen beginnt das Leben überall unbeständig zu werden und neue Kriege drohen auszubrechen. Die künftigen Toten machen sich bereit und die Erde lockert sich in Erwartung der Gräber. Allerorts werden Plakate aufgehängt, die das Blut erläutern. Da niemand über das Erbrechen spricht, nimmt der Verliebte an, daß das Problem entweder unbekannt ist oder als unbekannt gilt oder allzu bekannt ist. Er küßt seine Verlobte, vertraut ihr die Hochzeitsnacht an und schwingt sich speiend auf den mächtigen Rappen des Todes.

3 EIN äußerst skrupulöser Herr hat für den folgenden Tag drei nachmittägliche Verabredungen getroffen: die erste mit einer Frau, die er liebt; die zweite mit einer Frau, die er lieben könnte; die dritte mit einem Freund, dem er, kurz gesagt, sein Leben und vermutlich seinen Verstand verdankt. In Wirklichkeit nähme keine dieser Personen an seinem Leben teil, wenn nicht auch die anderen daran teilhätten; weshalb das nachmittägliche Stelldichein nicht nur auf psychologischen, sondern auch auf schicksalhaften Grundlagen beruht. Dennoch sind die drei Personen, die einander wechselseitig nötig haben, auch wechselseitig unvereinbar. Keine der beiden Frauen hegt Sympathie für den Freund, da keine der beiden Frauen Leben und Verstand des Herrn gerettet hat – im Gegenteil: ihr unduldsames und schrulliges Benehmen machte das Eingreifen eines behutsamen und zerstreut scharfsinnigen Freundes notwendig. Der Freund betrachtet den Herrn als sein Meisterwerk und wünscht nicht, daß er ohne weiteres zugänglich wäre. Die geliebte Frau mißtraut der Frau, die der Herr lieben könnte – nicht so sehr wegen der Liebe, welche sie vermutlich dem Herrn, der sie liebt, entgegenbringt, als wegen der Würde, die der Herr zu wahren wußte, wobei er den Wahnsinn riskierte und von einem Freund gerettet werden mußte, den alle gern kennenlernen möchten und über dessen Eigenschaft eines Retters alle im Bilde sind – wiewohl niemand es wagt, um ein formelles Vorgestelltwerden zu bitten. Schließlich liebt die Frau, die der Herr lieben könnte, den Herrn nicht wieder, der sie

seinerseits nicht wirklich liebt, der aber weiß, daß er Gegenstand einer potentiellen Liebe ist und merkt, daß er diese Möglichkeit, die wahrscheinlich unerfüllt bleiben muß, zu genießen beginnt – wie eine vollkommene Mischung aus Gleichgültigkeit und Leidenschaft, eine Mischung, die jedoch durch die Realität der geliebten Frau gefährdet ist, ohne welche andererseits die potentielle Geliebte nicht statthätte, vielmehr vom Freund im Zaum gehalten würde, den sie nicht kennt, aber als stark und gleichgültig fürchtet. Er hat diese drei Personen zu besagtem Stelldichein gebeten, weil er erklären und feststellen möchte, daß er ohne sie unmöglich leben könnte. Er ist schwach und hochgradig sterblich und verdankt sein Überleben einzig einem glücklichen Zusammenspiel der Zufälle. Möchte er nun also ein dramatisches Geständnis inszenieren? Niemals. Er hat soeben begriffen, daß er nicht hingehen wird, da der morgige Tag zu beengt ist, um ihn und die Erklärungen der anderen aufzunehmen. Vor allem aber ist er selbst zu beengt, und das gleichzeitige Auftreten der unvereinbaren und einander nötigen Gestalten würde ihn augenblicklich verzehren.

4 GEGEN zehn Uhr morgens hatte ein Herr von gediegener Bildung und gemäßigt melancholischer Gemütsart den unwiderlegbaren Beweis für die Existenz Gottes gefunden. Es war ein komplizierter Beweis, aber nicht in dem Maße, daß ein mittlerer philosophischer Verstand ihn nicht hätte begreifen können. Der Herr mit der gediegenen Bildung blieb ruhig und prüfte den Beweis für die Existenz Gottes noch einmal von Ende bis Anfang, kreuz und quer und von Anfang bis Ende und kam zu dem Schluß, gute Arbeit geleistet zu haben. Er klappte das Heft mit den Aufzeichnungen über den endgültigen Beweis für die Existenz Gottes zu und ging aus, um sich mit nichts zu beschäftigen – mit einem Wort: um zu leben. Als er sich gegen vier Uhr nachmittags auf den Heimweg machte, bemerkte er, daß er die genaue Formulierung einiger Passagen der Beweisführung vergessen hatte – und natürlich waren alle Passagen wesentlich.

Die Sache machte ihn nervös. Er ging in ein Lokal, um ein Bier zu trinken, und einen Augenblick lang schien es ihm, als wäre er jetzt ruhiger. Er hatte eine Passage wiedergefunden, mußte aber gleich darauf feststellen, daß ihm zwei andere entfallen waren. Er hoffte auf seine Aufzeichnungen, wußte aber, daß die Aufzeichnungen lückenhaft waren, und so hatte er sie auch gelassen, weil er nicht wollte, daß irgendjemand – womöglich das Dienstmädchen – Gewißheit über die Existenz Gottes gewänne, bevor er die vollständige Beweisführung sorgfältig zuendegeführt hatte. Als er zwei Drittel des Heimwegs zurückgelegt hatte, bemerkte er, daß er sich, während der Beweis für die Existenz Gottes seine festen und wundersamen Merkmale verlor, in Argumentationen verstrickte, von denen er nicht genau wußte, ob sie noch zu seiner ursprünglichen Argumentation gehörten. Hatte es da eine Passage gegeben, wo vom LIMBUS die Rede war? Nein, das hatte es nicht; und da waren auch keine SCHLAFENDEN SEELEN gewesen; vermutlich das JÜNGSTE GERICHT. Er war sich nicht sicher. Die HÖLLE? Er bezweifelte es; und doch hatte er den Eindruck, lange von der Hölle gehandelt und die Existenz der Hölle an den Höhepunkt seiner Untersuchung gesetzt zu haben. Als er vor seiner Haustür ankam, brach er in kalten Schweiß aus. Was war es denn eigentlich, dessen Existenz er bewiesen hatte? Irgendetwas hatte sich doch als unwidersprochen wahr ergeben, als unangreifbar, auch wenn man es unmöglich in eine unvergeßbare Formel fassen konnte. Erst jetzt merkte er, daß er seinen Hausschlüssel fest in der Hand hielt, und mit einer Gebärde später Verzweiflung schleuderte er ihn mitten auf die menschenleere Straße.

5 EIN Herr, der niemanden getötet hatte, wurde wegen Mordes zum Tode verurteilt: er habe, so hieß es, aus Gewinnsucht einen Geschäftspartner umgebracht, dessen privates Verhalten er weder zu erklären noch zu kommentieren gedachte. Alles in allem, so überlegte er, hätte ihn – zumal es sich um seinen Geschäftspartner handelte – auch ein beschämenderes Urteil treffen können. Die Richter hatten sogar zugegeben, daß er, der Verurteilte, auf unwürdige Weise geprellt worden war. In Wahrheit hatte er, obwohl er seiner Sache sicher war, niemals herauszufinden versucht, ob und in welchem Ausmaß er betrogen worden war. Er hatte im Geiste einen Prozentsatz von zwei Dritteln als vernünftigen Näherungswert angenommen. In Wirklichkeit – das hatte er während der Gerichtsverhandlung gemerkt – war der Betrug weitaus geringer gewesen. In dieser Hinsicht stimmte der Prozeß ihn fröhlich; er gab ihm zwar die Gewißheit, daß sein Freund ein Betrüger war, ihn aber schüchtern und zurückhaltend zu finden, rührte ihn zutiefst. Er versuchte zu erklären, daß er überzeugt sei, um zwei Drittel geprellt worden zu sein und trotzdem nie daran gedacht hätte zu töten. Wie hätte er auch töten können wegen eines so geringfügigen Schadens? Alles war umsonst. Man erklärte ihm, er habe einen schlechten Charakter und leide an Allmachtsphantasien. Er sei indessen nicht verrückt, obwohl er mehr als eine Neigung, eine Art Liebe zum Wahnsinn hege. Er mußte zugeben, daß die Bemerkung begründet war. Von diesem Augenblick an sah er davon ab, sich mit vernünftigen und stichhaltigen Argumenten zu verteidigen. Der Umstand, daß es ihm – einem bis zur Schludrigkeit sanftmütigen Menschen – beschieden war, des Mordes angeklagt vor Gericht zu erscheinen, deuchte ihn derart wunderbar und unwahrscheinlich, daß er zu dem Schluß kam, eines der großen Themen seines Lebens verwirklicht zu haben: die Erringung eines objektiven Wahnsinns – nicht nur seines eigenen, sondern eines strukturellen Wahnsinns, in dem alles fest verknüpft, alles folgerichtig und alles schlüssig war. Allmachtsdelirium? Aber er war ja wirklich allmächtig. Da man ihn, den Unschuldigen, des Mordes für schuldig befunden hatte, bildete er und kein anderer den Eckpfeiler des Wahngebäudes. Welch schwierige Rolle! Er konnte nicht lügen, da er endlich eine wahre Welt bewohnte, und er konnte nicht vorgeben, verrückt zu sein, ohne das gesamte Wahngebilde ins Wanken zu bringen. Es bedurfte großer Klugheit, und die hatte er.

6 EIN Herr, der Latein kann aber kein Griechisch mehr, geht in seiner Wohnung hin und her und wartet auf einen Anruf. In Wirklichkeit weiß er gar nicht, auf welchen Anruf er wartet und ob einer kommen wird. Angenommen, es kommt kein Anruf, dann ist ihm unklar, was das bedeuten könnte. Zweifellos wartet er auf Anrufe von Personen, die in enger Beziehung zu seinem Leben stehen. Einige dieser Anrufe fürchtet er. Er weiß, daß er leicht einzuschüchtern ist, und für ein wenig Stille würde er bereitwillig mit seinem Herzblut bezahlen. Aus Gründen, die er nie gänzlich erforscht hat, steht er unter dem Eindruck, der Gegenstand gewisser ruckartiger Haß- und Mißtrauensanfälle zu sein – jener Art von Gefühlen also, die dem, der sie hegt, ein beträchtliches Machtbewußtsein verleihen und ihn dazu treiben, das Telephon zu benützen. Einmal erhielt er den Anruf eines Freundes, dem er Geld geliehen hatte. Das Geld war bereits vor drei Jahren geliehen und nie zurückgegeben worden, doch war daraus ein tiefer Haß erwachsen. Der Freund hatte sogar versucht, ihn zu schlagen. Ein andermal hatte er vergeblich versucht, den tränenerstickten Anruf einer verlassenen Frau zu unterbrechen, die sich in der Nummer geirrt hatte. Mit ihr entspann sich ein telefonischer Verkehr, den er mehrere Wochen lang fortsetzte, bis eines Tages am anderen Ende der Leitung eine fremde Stimme zänkisch und naiv antwortete. Er wagte nicht, nochmals anzurufen. Jetzt könnte ihn beispielsweise eine Frau anrufen, die er liebt und die nicht wagt, ihn wiederzulieben, außer mit langen, qualvollen Unterbrechungen; oder eine Frau, die er liebt und die ihn auch liebt aber zu viel zu tun hat, um es zu merken; oder eine Frau, die er nicht liebt, die ihn aber liebt und ihm schmeichelt, ohne ihn in unerträgliche Konflikte zu stürzen. In Wirklichkeit wünscht er sich aber einen ganz anderen Anruf, einen der nicht voraussehbar und dazu bestimmt ist, das Bild eines Lebens zu verändern, das er nicht mehr interessant findet, sondern nur noch ärgerlich. Er erinnert sich, daß ein Freund eines Freundes ihm einmal erzählt hat, er habe einen Anruf seines Vaters bekommen, als dieser schon sechs Jahre tot gewesen sei. Es war ein schroffer Anruf gewesen – sein Vater hatte stets einen schlechten Charakter gehabt – und alles in allem kurz und belanglos. Wahrscheinlich hatte es sich um einen Scherz gehandelt. Der Herr, der Latein kann, würde lieber nicht auf Anrufe warten. Die Anrufe kommen aus der Welt und sind letzten Endes der einzige ihm zugestandene Beweis für ihre Existenz. Nicht aber für seine.

7 DER dunkel gekleidete Herr mit dem aufmerksamen und nachdenklichen Gang weiß, daß er verfolgt wird. Niemand hat es ihm gesagt und es gibt keinerlei Beweise dafür, daß die Dinge sich so verhalten – trotzdem weiß er mit absoluter Sicherheit, daß ihn jemand verfolgt. Er weiß nichts über den Verfolger, aber er weiß, daß die Verfolgung schon vor geraumer Zeit begonnen hat – und daß sie einen Grund hat – auch wenn niemand, ausgenommen der Verfolger, ihn kennt. Er weiß auch, daß man ihm mit großer Sorgfalt und Hartnäckigkeit folgt. Von dieser Verfolgung sind ihm nur spärliche Dinge bekannt: zunächst einmal, daß er weniger verfolgt wird, wenn er sich draußen unter der Menge bewegt, als wenn er sich zu Hause aufhält. Das soll nicht heißen, daß die Verfolgung sich verlangsamt oder daß der Verfolger durch die Menge behindert wird; vielmehr erleidet die Verfolgung eine Art Verminderung, so als veränderte sich der Raum, in dem sie tätig ist. Er weiß auch, daß die Verfolgung pfeilschnell agiert und daß er, zumal sein Gang langsam ist, unweigerlich eingeholt werden wird, ja daß man ihn bereits eingeholt haben müßte, und daß das, was notgedrungen geschieht, wenn jemand eingeholt wird, bereits hätte geschehen müssen – was, ist ihm unbekannt. Er weiß aber auch, daß der Verfolger ihn niemals einholen wird, auch nicht, wenn er auf einer Parkbank rastet und vorgibt, die Zeitung zu lesen – in bedingungsloser Ergebung und wehrloser Erwartung. Der Verfolger weiß, daß er, sobald er ihn einholt, aufhört, der Verfolger zu sein, und es ist möglich, daß ihm auf dem Schöpfungsplan nur als Verfolger ein Platz eingeräumt ist. Wenn der Herr bei sich zu Hause ist, dann zerreißt das Getöse der Verfolgung – das Hetzen und Jagen und das Trappeln der unzähligen Füße – ihm die Ohren, und er hört das Rascheln der Seiten nicht mehr und beginnt laut zu sprechen, um sich selbst Gehör zu verschaffen. In Wirklichkeit kann der Verfolgte – auch wenn er sich unerreichbar weiß – bei einer so strengen und vermutlich archaischen Verteilung der Rollen sich niemals von der Erkenntnis befreien, er sei die Beute. Er weiß, daß der Raum sich hinter seinem Rücken verformt und damit jede Hoffnung ihn einzuholen vereitelt; er weiß aber auch, daß die Zeit ihm nicht freund ist und daß ihre Verformung einzig und allein dazu dient, ihn in seiner Funktion als Beute zu erhalten. Der Verfolgte fragt sich nun, ob sein Verfolger womöglich unglücklich ist, zumal das Grauen ihrer beiderseitigen Lage einer Aufgabe entspringt, die

unlösbar ist. Er überlegt, ob es eine Möglichkeit gäbe, blitzschnell kehrt zu machen und zu beginnen, den Verfolger zu verfolgen.

8 DER hell gekleidete Herr bemerkt plötzlich eine Abwesenheit. Er lebt schon seit vielen Jahren in dieser Wohnung, doch erst jetzt, da sein Aufenthalt vermutlich bald dem Ende zugeht, gewahrt er, daß es in einem halbleeren Zimmer eine Zone der Abwesenheit gibt. Das halbleere Zimmer ist letzten Endes ein Zimmer wie alle anderen auch, und wenn die Abwesenheit nicht wäre, würde niemand es beachten. Die Abwesenheit hat natürlich nichts mit der Leere zu tun. Ein gänzlich leeres Zimmer kann durchaus ohne Abwesenheit sein; auch wenn man ein Möbelstück eilig wegrückt, schafft man keine richtiggehende Abwesenheit; man schafft Nichts. Nun hat der nicht mehr junge Herr, der schon viele Jahre in dieser Wohnung gelebt und das Zimmer unzählige Male durchquert hat, plötzlich entdeckt, daß in jener Ecke keine Leere ist, sondern eine Abwesenheit. Er weiß auch, daß er zahllose Male durch sie hindurchgegangen ist, und daß er selbst – er weiß nicht wie – in diese Abwesenheit verwickelt ist. Er untersucht die Abwesenheit und wird natürlich nicht recht schlau daraus. Jedenfalls scheint ihm irgendetwas an seinem Leben in dieser Wohnung jetzt weniger klar. Abwesenheiten ziehen bekanntlich nicht gerne um, und es kann sein, daß sein Bedürfnis, diese Abwesenheit in seiner Nähe zu haben, ihn dazu bewegt hat, seinen Aufenthalt in einer Wohnung, die er nicht mag, zwischen Möbeln, die ihm fremd sind, von Jahr zu Jahr zu verlängern. Alles in dieser Wohnung ist ihm fremd, ausgenommen die Abwesenheit. Die Abwesenheit ist so wichtig für ihn, daß er gern auf alles verzichten würde, was sein Leben erträglich macht – obwohl es gar nicht erträglich ist – nur um sich nicht von der Abwesenheit zu trennen. Er ist natürlich in Versuchung, sich viele und widersprüchliche Fragen über diese Abwesenheit zu stellen. Ein Mann hat stets ein »Was ist das?« auf den Lippen. Aber dieser Mann ist nicht umsonst älter geworden. Methodisch rottet er jeden Wunsch zu fragen, zu wissen, zu forschen in sich aus. Dunkelheit und Licht sind ihm gleichgültig, ebenso wie Liebe und Abwendung. Er weiß, daß die Abwesenheit gleichgültig ist, er weiß aber auch, daß diese Gleichgültigkeit so wichtig für ihn ist, daß er ohne sie völlig verzweifelt wäre. Nur eines wundert ihn: wieso er erst so spät – sozusagen post festum – erkannt hat, daß er nie verlassen wurde, wie er geglaubt hatte, sondern schon immer mit einer Gleichgültigkeit zusammengelebt hat, die er jetzt als Erklärung für sein Überleben betrachtet.

9 DER etwas altertümlich aber nicht unelegant gekleidete Herr durchmißt gerade die letzten Meter, die ihn von seinem Haus trennen. Seine Rückkehr ist durch einen lästigen Regenschauer, ein leichtes Erdbeben und Mutmaßungen über eine Epidemie verzögert worden. Auf dem Heimweg hat er sich mehrfach verirrt – vom Wege abgebracht durch riesige Trichter, eingestürzte Wohnblocks, den Flammen anheimgegebene Leichenhaufen und Maschinengewehrsalven, die ein Plündern der mit unglaublichen Schätzen gefüllten Tempel des Glaubens verhindern sollten. Er erinnert sich jetzt genau: seine Reise zurück hat schon wenigstens vor ein paar Tagen begonnen; doch während er mit knapper Not einer bizarren Maschine ausweicht, die gerade explodiert, merkt er, daß er eine Zeitung in der Hand hält, die ein um Jahre zurückliegendes Datum trägt, und eine Überschrift, in der von einem glorreichen Krieg die Rede ist, den er seit langem beendet weiß, auch wenn ihm unklar ist, wer ihn gewonnen hat. Obwohl er sich bemüht, vernünftig zu denken, gelingt es ihm nicht, angemessene Erklärungen für die Gefühle der Ruhe, Würde und Zufriedenheit zu finden, die ihn durchdringen. Es steht außer Zweifel, daß sein Haus zumindest beschädigt sein könnte, und daß die Epidemien, Erdbeben und Einfälle feindlicher Truppen seinen Angehörigen Schaden zugefügt haben könnten. Auch wenn – einer Laune des Schicksals zufolge – jener Stadtteil dem Unglück entronnen wäre, welches heimgesucht hatte, was einst sein Vaterland war, so wäre doch die Zeit nicht unnütz verstrichen und alle – angefangen bei ihm selbst – wären gealtert und manche – welche wohl? – wären tot und würden vergeblich seine Rückkunft erflehen, ihn vielleicht ihrerseits tot oder sterbend wähnen. Ein vages Lächeln verleiht dem mehr schlauen als intelligenten Gesicht eine flüchtige Grazie. Obwohl seine Erinnerun-

gen verworren sind, weiß er mit Sicherheit, daß er eine Reihe von Aufträgen ausgeführt hat, die man ihm anvertraute – bescheidene Aufträge, wie man ihn überhaupt oft mit einfachen und ein wenig demütigenden Verrichtungen betraut. Er hat Wurfsendungen ausgetragen, und wo er anstelle des Hauses, für das sie bestimmt waren, einen Trichter vorfand, hat er die dorthin adressierten Päckchen, Briefe oder Karten einfach in den Trichter fallen lassen. Wo auf eine Antwort zu warten war, hat er eine angemessene Zeit gewartet und sich dann entfernt, wenn er argwöhnte, daß ein weiteres Verweilen als indiskret erscheinen konnte. Wenige Meter trennen ihn noch von seinem Haus und es ist Nacht geworden. Der Herr ergötzt sich im voraus an den Geschichten, die man sich erzählen wird, und lächelt.

10 DIE Herren, die an diese Haltestelle kommen, um auf den Zug zu warten, sterben im allgemeinen während des Wartens. Es ist kein qualvoller, sondern im Gegenteil ein ruhiger und auf seine Weise eleganter Tod. Manche bringen ihre Familien mit, besonders die Kinder, in langen schwarzen Strümpfen und kurzen Hosen, damit sie lernen, wie man mit Würde stirbt. Die Herren werden in der Reihenfolge ihres Sterbens nacheinander in eine Kapelle gelegt, die mit Gesichtern von zahlreichen, unterschiedlich wundersamen Heiligen geschmückt ist. Aus reiner Höflichkeit erkundigt sich ein Bahnbeamter mit gezogener Mütze, ob keiner der Herren Heiligen den Verstorbenen wieder auferwekken möchte. Er wartet schweigend fünf Minuten, wirft einen allgemein fragenden Blick auf die Heiligen, verbeugt sich, verläßt die Kapelle und setzt seine Mütze wieder auf, denn die Station ist unglaublich windig. Der Wind kommt von einer Felsspalte herunter, und man weiß nicht, woher er jene trockene und fremde Eiseskälte bezieht, welche die Station, so heißt es, zu einem außerordentlich gesunden und erholsamen Ort macht. Man könnte nun einwenden, daß das Sterben der Herren – und manchmal sterben ganze Familien – diese Behauptung von der gesunden Luft widerlegt. In Wirklichkeit ist man allgemein davon überzeugt, daß sie, wären sie nicht hier heraufgekommen, schon sehr viel früher gestorben wären. Manche wären nie geboren worden. Im allgemeinen ist das Warten auf den Tod weder lang noch peinvoll. Man befindet sich in zahlreicher Gesellschaft, man plaudert, und es gibt Spiele für Kinder und Erwachsene. Der Stationsvorsteher, ein kräftiger und milder Mann, streichelt die Kinder und begrüßt seine Fahrgäste. Der Züge, die an dieser Station halten, gibt es drei. Jeder kommt von einem anderen Ort und fährt an einen anderen Ort. Man muß jedoch der Tatsache Rechnung tragen, daß jede der Linien von unterschiedlichen Zügen befahren wird, von denen einige halten oder halten sollten, wenn der Stationsvorsteher es verlangt. Andere – die wichtigeren – halten in keinem Fall und auf keine Bitte hin. Man sieht in Holz geschnitzte Profile von Leuten, die sehr weit zu fahren haben. Zuweilen verlangsamt ein Zug, der halten könnte, nur seine Fahrt, und der Lokomotivführer beugt sich aus seiner Kabine und sieht den Stationsvorsteher ängstlich forschend an. Dieser richtet eine stumme Frage an das Publikum. Die Leute winken mit den Händen ab, wie um zu sagen: »Aber um Gottes Willen!«, »Wo denken Sie hin?«, oder sie blicken auf den Zug, als ob er durchsichtig wäre. Der Zug beschleunigt seine Fahrt, und wenn er verschwunden ist, kommen sie, um die Herren Toten, alle in Schwarz gekleidet, wegzutragen.

11 EIN Herr, der in Grau gekleidet ist und als junger Mann Deutsch gelernt hat – einiges hat er noch behalten und ist stolz, daß er die Überschriften in den Zeitungen entziffern kann –, befindet sich neben einem grauen Telefon. In Wirklichkeit besteht jedoch keinerlei Verwandtschaft zwischen den beiden. Jemand hat ihm gesagt, er solle eine gewisse Nummer anrufen, von dort aus würde ihm eine wichtige Nachricht übermittelt, die ihn persönlich beträfe. Die Stimme, die ihm diese Mitteilung machte, war zweifellos weiblich, wenn auch etwas rauh, aber keineswegs unfreundlich, eher ein wenig verlegen, wegen des Auftrags, den sie nicht als angenehm empfand. Jedenfalls ist ihm völlig klar, daß nichts in den Worten jener Dame ausdrücklich auf eine traurige, dramatische, verhängnisvolle oder auch nur deprimierende Nachricht hinwies. Er ist nicht einmal sicher, ob die betreffende Person über die Nachricht auf dem Laufenden war – alles scheint im Gegenteil darauf hinzudeuten, daß die Frau – wer immer sie war – den Inhalt der Mitteilung überhaupt nicht kannte. Wäre sie über die Sache informiert gewesen, dann hätte es außerdem keinen Sinn gehabt, ihn an eine andere Nummer zu verweisen. Er hat diese Nummer jetzt viermal gewählt, je zweimal im Abstand von einer Viertelstunde. Niemand hat geantwortet. Nun hat die zweite Viertelstunde begonnen und er fragt sich – ohne Furcht – was für eine Mitteilung ihm wohl bestimmt sei. Er erhält schon seit geraumer Zeit keine Post mehr, ausgenommen Reklamezettel von Leuten, die ihm automatische Waschmaschinen anbieten oder Heftchen, welche die psychophysischen Vorteile des Glaubens an den wahren Gott erläutern wollen. Er steht dem wahren Gott nicht feindlich gegenüber, aber er mißtraut ihm. Er mißtraut überhaupt allem, was wahr ist, und hat sich bemüht, der Welt ein Bild von sich zu geben, bei dem es schwerfällt zu sagen, ob es wahr ist oder falsch. Er hat weder Angehörige noch Freunde, deren Verlust er beklagen würde. In Wirklichkeit – so denkt er, während die Viertelstunde sich ihrem Ende zuneigt – betrifft ihn gar keine Nachricht, es sei denn, sie beträfe ihn allein und niemanden sonst. Wenn die Nachricht ihn und einen anderen Mann, eine andere Frau, ein Tier oder eine Sache beträfe, dann würde er gern klarstellen, daß es sich um einen Irrtum handelt und daß die Nachricht ihn nicht betrifft. Im übrigen ist es gänzlich unwahrscheinlich, daß ihm jemand mit einem Telefon bewaffnet oder durch ein solches geschützt etwas so Pertinentes und Exklusives mitteilt. Er ist indessen ein folgsamer Mann: er wird der weiblichen Stimme gehorchen und wird – vermutlich umsonst – die Scheibe des Telefons kreisen lassen, das gekleidet ist wie er.

12 EIN jugendlicher Herr von durchschnittlich gebildetem Aussehen – fleißiger Kinobesucher und Liebhaber von Chinoiserien – wartet an der Ecke zweier wenig begangener Straßen auf eine Frau, die er als faszinierend, genial und von zarter Schönheit betrachtet. Es ist ihr erstes Rendezvous und er kostet – es ist später Nachmittag – die Feuchtigkeit der Luft und erfreut sich der raren Passanten – Ornamente seiner einsamen Gedanken. Der jugendliche Herr ist zu früh gekommen – doch nichts könnte ihn mehr demütigen als der Gedanke, diese Frau warten zu lassen. Ihr gegenüber, die er nie anders als in Begleitung von Fremden gesehen hat, verspürt er ein gemischtes Gefühl, das die Begierde um Haaresbreite vermeidet und die Verehrung und den Respekt, sowie den Wunsch, etwas Angenehmes für sie zu tun, mit Ungestüm einschließt. Schon lange hat er für eine Frau nicht mehr eine so reiche und glückliche Mischung von Gefühlen gehegt. Er entdeckt, daß er ein wenig stolz auf sich ist, und ein Schauer der Eitelkeit durchzieht ihn. In dem Augenblick aber, als er gewahr wird, daß er in Gefühle verstrickt ist, die er abgelegt hat und die er nicht achtet, merkt er, was er tut. Er ist zu einer Verabredung gegangen. Es gibt zwar keinerlei Beweise dafür, aber diese Verabredung könnte auch die erste einer langen Reihe von Verabredungen sein. Während ein leichter Angst- und Hoffnungsschweiß ihm auf die Stirne tritt, denkt er, daß an der Ecke dieser beiden Straßen eine »Geschichte« beginnen könnte – ein unerschöpfliches Depot von Erinnerungen. Etwas in ihm sagt brüsk: »Und hier beginnt deine Ehe.« Der schnelle Schritt einer Frau läßt ihn erschauern. »Beginnt sie jetzt?« Es fehlen nur noch wenige Minuten, und etwas in den Gestirnen, am Himmel der Fixsterne, in der Buchhaltung der Engel, im Volumus der Götter, in der Mathematik der Genetik wird anfangen zu surren. Sie wird ihre Hand auf seinen Arm legen und eine Fahrt wird beginnen, die nie ein Ende hat. Eine leere Wohnung erwartet sie, verbürgtes Glück, langsames Verblühen, Heranwachsen der Kinder – lustlos zuerst, dann überstürzt. In diesem Augenblick wird sein Gesicht listig und zunehmend böse: er hat sich erinnert, daß er ein Feigling ist. Gleichzeitig wünscht er sich Rettung und Untergang und weiß nicht, welches welches ist. Er ist ein Brandstifter und er ist müde. Der Nachmittag ist zum Abend geworden, und die faszinierende Frau ist nicht erschienen. Er stößt leise Beschimpfungen gegen sie aus, und als ein schüchternes Mädchen ihn um eine Auskunft bittet, gibt er vor, sie für eine Prostituierte zu halten, die sich im Kunden geirrt hat.

13 DER Herr, der gerade den Platz der Unabhängigkeit überquert, und der sein Haupt, das man ihm soeben abgeschlagen hat, in beiden Händen hält, ist ein MÄRTYRER DES GLAUBENS. Der Herr ist bescheiden gekleidet: er trägt keine Jacke und sein Hemd ist mit Blut verschmiert. Der Kopf, den er in den Händen hält, ist ihm lästig – niemals hätte er geglaubt, daß er so schwer und sperrig sein könnte. Wenn es jemandem gelänge – und viele versuchen es – einen Blick auf den Ausdruck jenes abgehauenen Kopfs zu werfen, so würde er darin die Anzeichen einer lebhaften Bestürzung entdecken. In Wirklichkeit ist der Herr, der vermutlich zur Haltestelle des schräggestrichenen Sechsunddreißigers unterwegs ist, in hohem Maße verwirrt – aber nicht so sehr wegen des Dekapitationstraumas als weil ihm dünkt, daß der Titel eines MÄRTYRERS DES GLAUBENS ihm nicht gebührt.

In seiner Kindheit herrschte eine Religion, in der auch er erzogen wurde und die an einen Gott und verschiedene mindere Sondergötter glaubte, sowie an eine Reihe von unsichtbaren Wesen guter und böser Art. Es gab auch Sünden: nicht töten, keine Katzen verunglimpfen, keine Waisenkinder prellen, keine Briefmarken überkopf aufkleben, nicht mit der rechten Hand wackeln, keine Menschenfresserei betreiben. Es war eine alte Religion, die bessere Tage gekannt hatte und mit der Zeit tolerant geworden war: alles war vergebbar. Der MÄRTYRER war in dieser Religion achtlos groß geworden – mit den Gedanken anderswo – und als aus den unterirdischen Gängen die ANDEREN hervorgekrochen waren, hatte er nur ein begrenztes Unbehagen verspürt. Für die ANDEREN aber war es fundamental klarzustellen, daß Gott gelb war, daß die minderen Götter Hermaphroditen waren und daß die unsichtbaren Geschöpfe dies nur für die Missetäter waren – für die zur Verdammnis bestimmten. Weiter gab es die sozusagen extravaganten Sünden: keine Hunde streicheln, kein Falschgeld prägen, keine Lügen, ausgenommen über sexuelle Dinge, wo das Lügen obligatorisch war. Hatte er sich je mit sexuellen Dingen beschäftigt? Nein, wahrhaftig nicht. Hatte er Hunde gestreichelt? In diesem Augenblick merkte der Herr, der mittlerweile die Bushaltestelle erreicht hatte, daß er sich bewußt war, ein MÄRTYRER DES GLAUBENS zu sein – er war aber nicht sicher, welchen Glaubens. In der Tat hatte sich auch bei den alten Gläubigen, seit man sie in die unterirdischen Gänge gesteckt hatte, der Charakter verschlechtert. Einen Augenblick lang verharrte er im Zweifel. Dann begriff er, daß gerade in seiner Ungewißheit sein Ansehen lag und in seiner Lauheit seine Kraft, und er wollte eben eine neue Karriere beginnen, als ihm beim Einsteigen in den Bus sein abgehauener Kopf aus den Händen glitt.

14 DER sorgfältig rasierte Herr im Mantel mit Pelzkragen verließ seine Wohnung genau zwölf Minuten vor neun, da er um neun Uhr dreißig mit einer Frau verabredet war, der einen Heiratsantrag zu machen er sich entschlossen hatte. Der Herr im Mantel – ein leicht hinter den Ereignissen seiner Zeit zurückgebliebener, keuscher, nüchterner und schweigsamer Mann; nicht ungebildet, aber mit einer freiwillig nicht ganz auf der Höhe der Zeit gehaltenen Bildung – hatte beschlossen, den Weg, der ihn vom Ort seiner Verabredung trennte, zu Fuß zurückzulegen, um seine Zeit zum Nachdenken zu benützen, zumal er überzeugt war, daß sein Leben, ganz gleich, wie die Antwort ausfiele, binnen Kürze eine dramatische Wendung nehmen würde. Von Natur aus ängstlich, hielt er eine aufschiebende Antwort für wahrscheinlich und hätte sich über ein höflich geäußertes »Nein« gefreut; an ein sofortiges »Ja« wagte er nicht zu denken. Er hatte eine Strecke von vierzig Minuten errechnet, eingeschlossen den Erwerb einer Tageszeitung – eines Gegenstands, den er im Hinblick auf seine täglichen Greuelmeldungen als beruhigend empfand, zumal er ihn von seiner Unwesentlichkeit überzeugte. Da drei Antworten möglich waren, hatte er beschlossen, dem »Nein« und dem »Aufschub« insgesamt dreißig Minuten zu widmen, dem »Ja« acht Minuten, und zwei Minuten der Zeitung.

Bei der achten Wegminute, als er sich gerade zu überreden versuchte, daß ein »Nein« die Möglichkeit eines nützlichen und ehrbaren Lebens nicht ausschlösse, hörte er die erste heftige Detonation. Tatsächlich diskutierte man in seinem Lande seit geraumer Zeit über die Zweckmäßigkeit eines Bürgerkriegs, aber der Herr mit dem Mantel, ganz in die Gedanken an seine eigene Zukunft vertieft, hatte nicht darauf geachtet. Auch jetzt begriff er nicht. Zwei Minuten später, als er das Kultusministerium in die Luft fliegen sah, kam ihm ein Verdacht. Die Panzer überzeugten ihn schließlich. Er hatte zwar auch eine Art politischer Meinung, doch war sie etwas blutleer. In diesem Augenblick dachte er mit männlicher Bangigkeit an seine mögliche Braut. Die Ereignisse folgten rasch aufeinander: um neun Uhr sieben wurde der Premierminister leiblich aus dem Fenster gestürzt, drei Minuten später wurde der Präsident in den Schornstein gesteckt und der König betrat den Palast seiner Väter; er war ein alter König und hatte es eilig; die Erschießungen begannen auf der Stelle. Der Herr im Mantel wurde neun Uhr achtunddreißig vor dem Mäuerchen einer neugotischen Kirche erschossen. Man erschoß ihn, weil er noch die Zeitung in der Hand hielt, die er früh morgens, als das Land noch republikanisch war, erworben hatte. Es tat ihm nicht leid, zu sterben, aber er war leicht irritiert wegen jener acht Minuten, die er dem »Ja« hätte widmen können.

15 EIN Herr von würdiger Wesensart hat soeben erfahren, daß ein anderer Herr, den er als seinen Freund betrachtet, zum Gegenstand gewisser abfälliger Bemerkungen seitens eines dritten Herrn geworden ist, den der erste Herr gar nicht kennt – und zwar während eines Gesprächs, das besagter dritter Herr mit einem vierten Herrn führte, einem wiederum ziemlich nahen Bekannten des ersten Herrn. In Wirklichkeit war die Quelle der Information ein fünfter Herr, der die Sache nur ganz beiläufig erwähnte, als er im Beisein des ersten Herrn mit dem vierten Herrn sprach. Man beachte ferner, daß weder der vierte noch der fünfte Herr davon wissen, daß zwischen dem ersten und dem zweiten Herrn eine gewisse Form der Freundschaft besteht; der fünfte Herr weiß auch nicht, ob der vierte den zweiten persönlich kennt, und alles in allem interessiert es ihn nicht. Ihn interessiert einzig die üble Nachrede an sich.

Der erste Herr ist beunruhigt; er ist Zeuge einer unordentlichen menschlichen Lage geworden und findet, daß es seiner Würde wohl anstünde, wenn er versuchte, Abhilfe zu schaffen. Er könnte sich an den zweiten Herrn – seinen lieben Freund – wenden und ihn seiner herzlichen Hochachtung vergewissern. Er ist aber nicht sicher, ob dieser über die üble Nachrede informiert ist, und er weiß auch nicht, welche Art von Beziehung den zweiten und den dritten Herrn verbindet, die sich offensichtlich kennen. Er könnte den dritten Herrn zur Rede stellen und ihn zu einer unzweideutigen Erklärung seines Verhaltens zwingen. Er weiß jedoch wie schwierig alle unzweideutigen Erklärungen sind. Er wird also zum vierten Herrn gehen und mit ihm in indirekter aber überzeugender Weise lange über den zweiten Herrn sprechen. Und vorsichtig wird er dazu neigen, die Figur des fünften Herrn als fremd darzustellen. In diesem Augenblick erinnert er sich, daß just der fünfte Herr die Quelle der Information ist, die ihn beunruhigt. Es wäre jedoch nutzlos, sich zum fünften Herrn zu begeben, zumal dieser den zweiten Herrn nicht zu kennen scheint und auch kein Interesse für ihn hegt, sondern nur für die üble Nachrede an sich, die aber nicht tilgbar ist, außer vielleicht durch persönliche Anspielungen, die der fünfte Herr aber nicht verstehen würde. Der erste Herr ist äußerst unruhig. In diesem Augenblick klingelt es an der Tür: es ist der zweite Herr, der gekommen ist, um ihm zu erzählen, daß der vierte Herr sich über den ersten Herrn, dessen Freund er zu sein behauptet, lustig gemacht hat, und zwar bei einem Gespräch mit dem dritten, der den ersten nicht kennt. Während er spricht, gelingt es dem zweiten Herrn nicht, ein geheimes Frohlocken, ein unterdrücktes Lachen zu verbergen. Der erste Herr ist darüber entsetzt, dann drückt er ihm die Hand und empfindet eine tiefe, befreiende Tröstung.

16 DER Herr im Leinenanzug mit Mokassins und kurzen Socken sieht auf die Uhr: es ist zwei Minuten vor acht. Er ist zu Hause und sitzt mit leichtem Unbehagen auf der Kante eines strengen und steifen Stuhls. Er ist allein. In zwei Minuten – jetzt sind es nur noch neunzig Sekunden – muß er anfangen. Er ist heute ein wenig früher aufgestanden, um auch wirklich bereit zu sein. Er hat sich mit Sorgfalt gewaschen, hat aufmerksam uriniert, geduldig den Darm entleert und sich mit peinlicher Genauigkeit rasiert. Seine gesamte Wäsche ist neu, nie gebraucht, und dieser Anzug wurde bereits vor über einem Jahr eigens für diesen Morgen angefertigt. Ein ganzes Jahr lang hat er es nicht gewagt; er ist oft sehr früh aufgestanden – im übrigen ist er ein Morgenmensch – aber immer, wenn er sich nach Besorgung aller Vorbereitungen auf den Stuhl setzt, schwindet ihm der Mut. Doch jetzt wird er gleich anfangen: es fehlen noch fünfzig Sekunden bis acht. Eigentlich muß er absolut nichts anfangen. In gewisser Hinsicht muß er absolut alles anfangen. Jedenfalls muß er nichts »tun«. Er muß einfach von acht Uhr bis neun Uhr gelangen; nur dieses: den Zeitraum von einer Stunde durchmessen, einen Zeitraum, den er unzählige Male durchmessen hat. Er darf ihn aber nur als Zeit durchmessen, als nichts anderes, absolut nichts. Es ist bereits etwas mehr als eine Minute nach acht. Er ist ruhig, spürt jedoch, daß ein leichtes Zittern sich in seinem Körper vorbereitet. Bei der siebten Minute fängt sein Herz an, allmählich schneller zu schlagen. Bei der zehnten Minute beginnt die Kehle sich zusammenzuschnüren, während das Herz am Rande der Panik pocht. Bei der fünfzehnten Minute hüllt sich der ganze Körper beinahe augenblicklich in Schweiß. Drei Minuten später beginnt der Speichel aus seinem Mund zu weichen. Die Lippen verfärben sich weiß. Bei der einundzwanzigsten Minute beginnen seine Zähne zu klappern, als ob er lachte; die Pupillen erweitern sich und die Augenlider gehen nicht mehr auf und zu. Er fühlt, wie sich sein Schließmuskel weitet, und überall an seinem Körper sind die Haare jetzt stachlig und steif – im Eise erstarrt. Unvermittelt schlägt sein Herz wieder langsamer, und sein Blick wird trüb. Bei der fünfundzwanzigsten Minute schüttelt ihn ein wütendes Beben zwanzig Sekunden lang von oben bis unten. Als es aufhört, beginnt sein Zwerchfell sich zu bewegen. Jetzt umwickelt das Zwerchfell ihm das Herz. Er vergießt Tränen, ohne zu weinen. Ein Geschmetter betäubt ihn. Der Herr im Leinenanzug möchte etwas erklären, aber die achtundzwanzigste Minute trifft ihn an der Schläfe und er gleitet vom Stuhl und fällt mit einem absolut geräuschlosen Aufschlag zu Boden und zerbröselt.

17 DER Herr im Regenmantel, der jeden Morgen den Autobus Nr. 36 – einen stets äußerst überfüllten Autobus – besteigt, und der im Autobus aufmerksam und weltabgewandt in einer deutschen Grammatik liest, war in seinem ganzen Leben dreimal verliebt.

Das erste Mal – es liegt nun schon viele Jahre zurück – geschah es ihm, daß er auf dem Trottoir ein loses Blatt aus einer Zeitschrift entdeckte, die den Sex-Spielen gewidmet war – einer Sache, von der er nichts wußte. Der Zufall wollte es, daß das Blatt nichts Laszives an sich hatte, sondern den nackten und gleichwohl gelassenen Körper einer Frau zeigte, die für die Zeitschrift arbeitete. Der Herr – der auch bei jener Gelegenheit einen Regenmantel trug, aber bestimmt einen dunkleren – hob das Blatt auf, und indem er es wendete, fiel sein Blick auf ein äußerst unanständiges Bild. Er betrachtete es mit Gleichgültigkeit und vertiefte sich dann wieder in den Anblick der nackten und unbekümmerten Frau. Er war augenblicklich in sie verliebt, obwohl er erkannte, wie töricht es war, sich in eine gänzlich abstrakte Fotografie zu verlieben. Der Name der Frau war in der Bildunterschrift genannt – er machte jedoch nie den Versuch, mit ihr in Kontakt zu kommen. Vielmehr stand er mehrere Wochen lang vor dem Problem, die beiden Seiten des Blattes voneinander zu trennen – sich klarzumachen, daß die unanständige Fotografie und die Frau, die er liebte, sich fremd waren, ja daß sie, da sie auf zwei Seiten desselben Blattes untergebracht waren, gar keine Beziehung zueinander haben konnten. Er hörte niemals auf, diese Frau – dieses Muster unbestechlicher Keuschheit – zu lieben, aber ein paar Jahre später gestand er sich zu, sich erneut zu verlieben, diesmal in eine Frau, die er zwar kennengelernt, an die er aber nie das Wort gerichtet hatte. Nicht aus Schüchternheit: er wollte gar keine Antwort. Verglichen mit der Fotografie war sie unvorhersehbar, unbeständig und laut. Sie war außergewöhnlich. An ihr liebte er die Form – aber nicht die Körperlichkeit, sondern die Tatsache, daß sie hinten nicht auch noch eine Fotografie hatte, von der er sie unterscheiden mußte. Es war eine wunderschöne Liebe, die ihn zur Religion seiner Väter zurückführte. Er begann auch, mit großen Blumensträußen auf den Friedhof zu gehen und vor dem Grab seiner Eltern schallend zu lachen. Das dritte Mal war es einfacher: er sah eine Frau an einer Bushaltestelle. Diese Frau war nicht nur lebendig, sondern auch fähig, ein Transportmittel zu besteigen. Das war der Ausgangspunkt – der geringe und notwendige. Von einer verzweifelten Glückseligkeit gepackt sprach er sie an, erklärte ihr seine Liebe und bekam als Antwort einen erstaunten aber höflichen Korb. Er bedankte sich und ging mit unversehrtem Glück davon. Er hatte ein überaus reiches

Leben gehabt. Damals war es auch, daß er begann, den Autobus Nr. 36 zu nehmen und die alte deutsche Grammatik zu studieren, die er in diesem Augenblick in der Hand hält.

18 DER Herr, der einen gebrauchten Regenmantel und einen weichen Hut gekauft hat; der hastig raucht und in einem schäbigen Hotelzimmer auf und ab geht, das er im voraus bezahlen mußte – dieser Herr hat vor zehn Jahren beschlossen, daß er, wenn er erwachsen wäre, ein Killer werden würde. Jetzt ist er erwachsen und keinerlei neue Gegebenheiten – keine Liebesaffären, keine gesunden Morgenmahlzeiten, keine kirchlichen Hymnen – haben ihn im geringsten von seinem Entschluß abgebracht, der nicht nur eine kindliche Laune war, sondern eine weise und besonnene Wahl. Nun braucht ein Killer bekanntlich nur wenige Dinge – es handelt sich aber um besondere Dinge. Er muß eine zugleich eindrucksvolle und trügerische Waffe, eine vollkommene Zielsicherheit, einen Auftraggeber und eine Person zum Töten haben; der Auftraggeber seinerseits muß Haß und Interesse haben und eine Menge Geld. Das Schwierige ist, sich alle diese Voraussetzungen gleichzeitig zu verschaffen. Da sein Temperament zwischen Fatalismus und Aberglauben schwankt, ist er davon überzeugt, daß ein wahrer Killer sich notgedrungen in der vorausgesetzten Lage befindet, die sich aber – zumal es sich um eine komplexe und höchst unwahrscheinliche Lage handelt – keineswegs dann ergibt, wenn der Killer ein Fachmann und die Waffe zielsicher ist, wenn irgendwo ein großer Haß besteht und wenn genug Geld zum Töten da ist, sondern dann, wenn etwas am Himmel, in den Gestirnen, oder – wenn es ihn gibt – bei Gott selbst sich einschaltet und alle jene verstreuten Ereignisse zusammenbringt, die oft so weit auseinanderliegen, daß sie sich nicht begegnen können.
Er möchte einer Entscheidung würdig sein, die er ohne zu zögern als schicksalhaft bezeichnet. Nachdem er ein Kleid wie eine Mönchskutte gewählt hat, hat er beschlossen, die perfekte Zielsicherheit in Person zu werden. Er ist ein Novize, aber mit der Berufung zum Asketen. Er hat sofort einen Irrtum erkannt, dem alle zukünftigen Killer verfallen: sie üben mit künstlichen Zielen. Das künstliche Ziel stellt aber das Asketentum des Killers nicht

auf die Probe. Dieses an sich unanfechtbare Prinzip hat den Killer zu einigen Schlüssen geführt: er hat beschlossen, daß er die vollkommene Zielsicherheit unter vollkommen asketischen Bedingungen erwerben muß. Er muß nicht treffen, er muß töten. Keine Tiere, denn die wollen getötet werden. Menschen? Aber einen Menschen gratis zu töten wäre eitler Exhibitionismus. Es bleibt ihm nur eine einzige Lösung – und die ist wirklich asketisch: er muß das Zielen an sich selbst üben. Er hat die Waffe jetzt hoch oben in einer Ecke des Zimmers angebracht und eine Schnur am Abzugshahn befestigt. Der Killer überlegt. Er wird jetzt auf sich zielen. Und dann? Verfehlt er sich, ist er gerettet aber als Killer disqualifiziert; trifft er sich, ist jemand tot: der Killer. Er zögert lange. Wir wissen jedoch, daß am Ende sein berufliches Gewissen obsiegt.

19 DER Himmelskörper, von dem hier die Rede sein soll, ist von zweifelhafter oder zumindest hypothetischer Existenz. Er wurde indes von Weltraumbesuchern und Weltraumbewohnern – Kometenansässigen und heruntergekommenen, durch Meteoren miniaturisierten Himmelssiedlern und Weltstaubsuchern – gesichtet und beschrieben, und zwar nicht nur auf eine gänzlich übereinstimmende Art, sondern auch mit Worten, die in den jeweiligen Sprachen zum gebildeten und nicht mehr gebräuchlichen Wortschatz gehören. Der Himmelskörper hat die Form eines äußerst weitläufigen, etwa quadratischen Platzes. Sein Boden weist einige Besonderheiten auf: er besteht großenteils aus nackter Erde, ohne jede Spur von Leben; trotzdem möchte man ihn eher als »nacktiert« bezeichnen, da in jenem Lehmboden augenscheinlich Gebäudeteilchen stecken, sowie Stücke eines Parkverbots und sogar ein fahriger, fiebrig flattriger Zeitungsfetzen mit einer sensationellen Überschrift in unentzifferbarer Sprache; der Bericht handelt vom »Double« eines doppelgleisigen Schmugglers. Der Schmuggler, so heißt es, habe einen Teil des himmlischen Platzes überquert und dabei eine weitere Entdeckung gemacht, die ihm vermutlich zum Verhängnis geworden wäre, hätte er nicht sein einzigartiges Doppelwesen gehabt. In der Tat verwandelt sich der Boden, der scheinbar durchgehend fest ist, bisweilen in eine so hauchdünne Schicht, daß selbst der Schritt eines Gespensts ihn erzittern ließe; und darunter gähnt ein glatter und leerer Schacht, der ins Leere mündet. An einer Ecke des Platzes will man Druckspuren einer Rohrleitung, vermutlich eines Brunnenrohrs entdeckt haben. Einkerbungen an den Rändern lassen vermuten, daß noch weitere Straßen zu jenem Platz führen oder führen sollen. Man hat einen Kamm gefunden, zusammen mit einer winzigen Nagelfeile. Ein melancholischer Apotheker hat unter Eid ausgesagt, verschiedene Schatten gesehen und gedämpfte Stimmen gehört zu haben. Überall im Weltraum – im Café und in den Luxusbordells für keusche Herren – diskutiert man darüber, ob der Himmelskörper womöglich aus einer verhaßten Stadt geflohen sei, oder ob er umgekehrt das Zentrum einer noch unveröffentlichten Weltraumstadt bilde, wo die Stimmen und die Schatten als die leichtfüßigeren vorzeitig eingetroffen sind – vor den eigentlichen Bewohnern mit ihrer wie immer gearteten Leiblichkeit. In Wirklichkeit weist der Himmlische Platz bei näherer Betrachtung widersprüchliche Eigenschaften auf; er scheint in der Tat von einer quälenden aber beharrlichen Erwartung, einer trotzigen Zuversicht beherrscht zu sein, während er gleichzeitig einen Dunst von Trostlosigkeit verströmt, der von bitteren aber nicht vergeßbaren Erinnerungen herrühren könnte, aber auch von der geheimen Erwartung einer Katastrophe – eines Zerstiebens im Weltraum etwa, durch jene glatten Schächte hindurch, durch die das Nichts an den Boden des Platzes rührt.

20 DIE mit Sorgfalt und besonnener Phantasie gekleidete, mehr dem Rhythmus ihrer Glieder als der schmückenden Kleiderverseuchung vertrauende Dame – jene Frau also, die gerade die Straße überquert und dabei die Nummer eines Autobusses im Auge behält, den sie glaubt nehmen zu müssen, obwohl sie nicht ganz sicher ist, da viele Ziele sie erwarten – jene Frau ist noch ziemlich jung (wenngleich ich mich weigere, irgendeine diesbezügliche Frage an sie zu richten), und deshalb heften sich ihr beim bloßen Akt des Überquerens der Straße, für den sie sich die flüchtige und neutrale Komplizenschaft der Ampeln zunutze macht, Didaskalien ihres Lebens an den Körper. Ihr werdet sie vielleicht nicht als eine schöne Frau bezeichnen, dieweil ihr sinnlich und vergänglich seid – ihr schnöden Ampeln! – doch werdet ihr nicht umhin können, die schwere und zugleich behutsame Art zu bewundern, mit der sie ihren Körper auf die Straße setzt.

Diese Frau hat vier Männer geliebt; jetzt führt sie ein einsames aber nicht verlassenes Leben. Es fehlen noch dreihundert Meter bis zur Haltestelle. Ihren ersten Mann hat sie geliebt als sie – noch jung – im Gespräch mit einem Mann der Töne sich selbst erfuhr. Ich zögere, ihn einen Musiker zu nennen; wahrscheinlich war er ein Genie, bestimmt aber ein vulgäres, ein Trivialgenie. Lange Gespräche, gebaut wie große Landhäuser, beschwichtigten ihre Art zu lachen, besänftigten ihre Zähne. Nach diesem ersten Beiwohner lernte sie einen kurzsichtigen und geduldigen Kybernetiker kennen. War der erste nichts weiter als eine flüchtig auf die Wand skizzierte Figur – dort nach Jahren noch auffindbar – so war dieser eitel, feige und beredt. Sie blieb aus Liebe zur Beredsamkeit. Der Kybernetiker sagte zu ihr »Warte auf mich« und überquerte die Straße.

Zwei Jahre später, als sie gerade einen Reißverschluß suchte, hatte die Frau eines Tages ein Abenteuer – sie weiß nicht ob aus Liebe, aus Zerstreutheit, aus Eile, oder infolge mangelhafter Konsultation der Wörterbücher. Ein Ausländer? Sie ist nicht sicher. Von ihm hat sie einen Sohn. Dort ist er. Dann liebte sie wahnsinnig einen Tulpenzüchter, der Lotto spielte und glaubte, daß Gott den Schluckauf habe. Er sah jenen Sohn mit Argwohn – oh nein, ohne Haß.

Nun, da die Frau tot ist – sie hat damals jenen Autobus genommen, aber das ist jetzt nicht mehr wichtig – wandelt sie durch die Labyrinthe des Scheol und versucht zu verstehen, warum ihr Sohn, der sie schmerzlich und allein auf der seltsamen Krümmung Erde überlebt, aus einem Abenteuer mit einem Mann hervorgegangen ist, an dessen Namen sie sich nicht erinnert. Daher das seltsam zerquälte, fragende Gesicht mit dem vorgeschobenen Kinn und dem Anflug von Lächeln weit hinten, hinter den Pupillen.

21 JEDEN Morgen beim Erwachen – einem widerwilligen Erwachen, das man auch als träge bezeichnen könnte – beginnt der Herr mit einer raschen Bestandsaufnahme der Welt. Schon seit längerem hat er bemerkt, daß er jedesmal an einem anderen Punkt des Kosmos aufwacht, auch wenn die Erde, die seine Wohnstatt ist, äußerlich unverändert erscheint. Als Kind war er der Überzeugung, daß die Erde auf ihren Bahnen durch den Weltraum bisweilen in der Nähe der Hölle vorbeikommt oder ihr Inneres regelrecht durchläuft, während es ihr niemals gestattet ist, das Innere des Paradieses zu durchlaufen, zumal eine derartige Erfahrung jede weitere Fortführung der Welt unmöglich, unnötig und lächerlich machen würde. Das Paradies muß also die Erde um jeden Preis vermeiden, um die genauen und unbegreiflichen Pläne der Schöpfung nicht zu verletzen. Auch jetzt – als erwachsener Mann, der sein eigenes Auto fährt – hat ihn jene kindliche Vorstellung nicht ganz verlassen. Er hat sie jetzt ein wenig säkularisiert und die Frage, die er sich stellt, ist metaphorischer und scheinbar abgeklärt; er weiß – und die Träume beweisen es – daß die ganze Welt sich während seines Schlafs verschoben hat und daß ihre Teile, sei es im Laufe eines Spiels oder nicht, jeden Morgen anders angeordnet sind. Er gibt nicht vor zu wissen, was diese Verschiebung bedeuten könnte, aber er weiß, daß er zuweilen das Vorhandensein von Abgründen und verlockenden Felsvorsprüngen spürt, oder auch von seltenen weiten Ebenen über die er – zuweilen denkt er an sich wie an einen runden Himmelskörper – lange hinwegrollen möchte. Zuweilen hat er den unbestimmten Eindruck von Gräsern, andere Male das aufregende aber nicht selten unangenehme Gefühl, von mehreren Sonnen zugleich beschienen zu werden, die sich nicht immer freund sind. Wieder andere Male vernimmt er ein deutliches Meeresrauschen, das Sturm oder Windstille bedeuten könnte; noch andere Male ist es seine eigene Lage in der Welt, die sich ihm rücksichtslos offenbart, beispielsweise wenn ihn grausame und wache Kinnladen beim Nacken packen, wie es seinen Vorfahren unzählige Male geschehen sein muß, wenn sie erschlafften zwischen den Zähnen wilder Tiere, deren Gesichter er nie gesehen hat. Seit geraumer Zeit hat er gelernt, daß man nie im eigenen Zimmer aufwacht; er ist sogar zu dem Schluß gekommen, daß es gar kein Zimmer gibt und daß Bettücher und Tapeten nur eine Täuschung, eine Finte sind. Er weiß auch, daß er im Leeren schwebt und daß er – er wie jeder andere auch – das Zentrum der Welt ist, von dem unendliche Unendlichkeiten ausgehen. Er weiß aber auch, daß er solchem Grauen nicht standhalten könnte und daß sein Zimmer, ja sogar der Abgrund und die Hölle nur Erfindungen sind, die dazu dienen, ihn zu beschützen.

22 DER leicht kurzsichtige Herr mit dem Sprachfehler und der Pfeife wohnt im gleichen Haus, in dem auch eine schweigsame, schüchterne, magere und von Grund auf junge Dame wohnt. Der Herr und die Dame leben in achtbarer Einsamkeit, auch wenn die Wohnung der Dame an übermäßiger Ordnung und die Wohnung des Herrn an ihrem Mangel krankt. Sie sehen sich praktisch jeden Tag – bei einer raschen und zufälligen Begegnung, mit leichtem Lächeln und hingehauchtem Gruß. Jeder der beiden hat auf verschiedene Weise über die Gegenwart des anderen nachgedacht. Ohne Schwärmerei, ohne Liebe, aber nichtsdestoweniger lange. Jeder fühlt sich ein wenig – jedoch nicht unangenehm – durch die Gegenwart des anderen gestört. Keiner von beiden hat je daran gedacht, daß ihre so zufällige Bekanntschaft auch in einen spezifischeren und freundschaftlichen Dialog münden könnte. In der Tat wünschen sie gar nicht, einander zu kennen und miteinander zu sprechen. Das gänzlich unerhebliche Problem, das jeder für den anderen darstellt, hört trotzdem nicht auf, das Leben beider auf geringfügige aber hartnäckige Weise zu beunruhigen. Jeder der beiden hat deshalb versucht zu verstehen, was da wohl geschehen sein könnte, wie eine so abstrakte Beziehung überhaupt entstanden sein könnte, und was diese Belästigung, diese Bekümmernis, die jeder für das Leben des anderen darstellt und darzustellen weiß, wohl zu bedeuten hätte. Tatsächlich weiß jeder, daß der andere auf irgendeine Weise berührt und betroffen ist und betrachtet diesen Kontakt als ein bizarres Rätsel. Die Dame ist zu dem Schluß gekommen, daß der leicht kurzsichtige Herr einige Anzeichen von Halluzinationen aufweist. Bei aufmerksamem und stillem Nachdenken konnte sie in jenem Gesicht, im Gang, in den Handbewegungen, ja sogar in einer bestimmten Jacke Spuren von längst verstorbenen, unwiederbringlich dahingegangenen lieben Personen entdecken und hat sich, mit einem lachenden und einem tränenden Auge gesagt, dieser Mann sei ein Treffpunkt für Onkel und Tanten und Eltern, ja sogar für Freundinnen aus der Kindheit und für einen Mann, den sie bewundert und verloren hat. Der leicht kurzsichtige Herr hat versucht, seinen Stundenplan, seinen Tageslauf und seine Gewohnheiten zu ändern, um der schweigsamen Dame nicht mehr zu begegnen – und zwar mit dem Ziel, ihre Gegenwart zu interpretieren. Er hat intensiv gelitten – in ganz sinnloser Weise. Es scheint ihm aber, als hätte er verstanden, daß er mit jener Dame durch ein hauchdünnes, jedoch unzerreißbares Band verbunden ist – etwas, das die entlegensten und unbekanntesten Orte ihrer Existenzen miteinander verknüpft. Dieses Band ist nicht Liebe, sondern etwas, das zwischen Scham und Vorliebe liegt; beide wissen es, haben indes nicht die Befugnis, es zu wissen; jede ihrer zufälligen Begegnungen ist ein harmloser Diebstahl, der allerdings nach Vergebung verlangt.

23 ER erwacht bereits lange vor Tagesanbruch – wachgerüttelt von der Überzeugung, ein Verbrechen begangen zu haben. Sein Schlaf ist seit einiger Zeit unruhig – unterbrochen von häufigem Erwachen. Seine Bettücher sind morgens oft zerwühlt und verstreut, als habe er viele Stunden lang mit den Windungen einer Schlange gekämpft. Unwillkürlich kommt ihm der Gedanke, er habe in jenen Nächten ein Verbrechen vorbereitet – eine ruchlose und grausame Tat, die er in der vergangenen Nacht zur Ausführung gebracht hat. Nicht selten beunruhigen ihn seine Träume noch viele Stunden nach dem Ende der Nacht. Er glaubt, daß er von einem Verbrechen geträumt habe, sodann vom Entsetzen über das, was er getan hat, geweckt worden sei, und es auf dem unruhigen Friedhof des Unbewußten vergessen habe. Was er nicht vergessen hat, ist das Gefühl der Angst, des Grauens und zugleich der Macht, das ihn ohne Zweifel zu seinem Vorhaben angeregt hat – und zwar während eines Traums, den er lang, verwickelt, labyrinthisch und entscheidend wähnt. Vermutlich, so denkt er, wird er nach jenem Traum keine Alpträume mehr haben und in Frieden ruhen können. Vermutlich war er in jenem Traum der Meuchelmörder, der auf Befehl eines geheimnisvollen Mächtigen handelte. Nebukadnezar lebt heute nur noch in den

Träumen; unter den Schatten ist er aber weiterhin der Auftraggeber grauenvoller Verbrechen. Er hat getötet – jetzt ist er gerettet. Der KÖNIG wird ihm keine solchen Aufträge mehr erteilen; das Volk der Schlafenden ist ein Haufen von Meuchelmördern.
Er ist unruhig, steht auf, will in der Wohnung herumgehen, in Erwartung, daß sein Körper sich beruhigt; er merkt, daß er zittert. Entsetzt bleibt er stehen. Unter einer halboffenen Tür breitet sich eine Blutlache aus. Träumt er? Ist er von einem Traum in den anderen gefallen? Oder wurde in dieser Wohnung wirklich ein Verbrechen begangen? Kann ein im Traum Getöteter bis auf diesen Fußboden herab bluten? Langsam schiebt er die Türe zu. Im Dunkeln glaubt er, in der Mitte des Zimmers einen hingestreckten Körper zu sehen. Er wagt nicht, Licht zu machen. Er betrachtet die Blutlache, die sich noch weiter ausgebreitet hat; zitternd weicht er zurück und sucht Zuflucht in seinem Schlafzimmer. Was schlägt da gegen die Scheiben? Der Wind, ein nächtlicher Vogel, ein Ast, eine Hand? Plötzlich erinnert er den Traum. Ein großer Vogel mit einem Frauengesicht fliegt durch den nächtlichen Himmel auf ihn zu – geräuschlos und mit äußerster Langsamkeit. Das Gesicht, das er nur undeutlich sieht, ist aufmerksam und geduldig. Aber aus einer großen Wunde tropft Blut über eine Wange herab. Dieses Gesicht hat gekämpft – ist am Ziel. Jetzt versteht er die unruhigen Nächte und das Grauen jenes Traums. Schlagartig zündet er die Lichter an, und siehe da, die Blutlache ist verschwunden; er reißt die Türe auf – da ist nichts, keine Leiche, nur ein halbgeschlossenes Fenster.

24 DER Herr mit dem pechschwarzen und sorgfältig gestutzten Schnurrbart ist um vier Uhr nachmittags noch immer im Pyjama. Hie und da legt er sich aufs Bett, hie und da schlurft er durch die Wohnung, schließlich läßt er sich in einen bequemen und resignierten Lehnstuhl sinken. Er blättert in einem Buch und sieht erst auf den Titel, nachdem er ein wenig auf einer Seite herumgelesen hat. Es ist immer das falsche Buch. Im Grunde ist er gar nicht krank; er hat kein Fieber; er hat aber beschlossen, daß er das Recht hat, sich wie ein Kranker zu benehmen. Er ist eine anmutige Seele, aber heute hat er sich einer einsamen Tölpelei überlassen. Er ist ein gewandter Redner, aber heute ist er schweigsam; wenn jemand anruft, ist er verstört über seine eigene Stimme, die schrille, leicht hysterische Laute ausstößt. Der Herr im Pyjama könnte unter den Nachwirkungen einer lästigen Betrunkenheit leiden; in Wirklichkeit aber hat er am Abend zuvor nur mäßig getrunken. Trotzdem ist seine Intelligenz, die auch sonst nicht außergewöhnlich ist, heute getrübt; nichts interessiert ihn, und er hat den Eindruck, in die Wohnung eines Fremden geraten zu sein. Vielleicht ist das Wetter schuld, das seit Tagen drückend, feucht und lichtlos ist; oder sein nicht mehr junger Körper brütet irgendeine Krankheit aus, oder eine schon seit Monaten schwelende Krankheit gelangt erst jetzt an die Oberfläche seines Körpers. Er stellt sich diese Fragen mit Gleichgültigkeit. Er ist kein Mensch, der über den Dingen steht, aber heute ist er nicht einmal in der Lage, sich mit Aufmerksamkeit seiner eigenen mutmaßlichen Krankheit zu widmen. Mit angestrengtem Interesse betrachtet er die Ecken eines Tischs, und der Gedanke kommt ihm, daß in einer vernünftigen Gesellschaft die Tische keine Ecken haben dürften – oder sagt man Kanten? Nein, Schränke haben Kanten. Jedenfalls dürfte es auch keine Kanten geben. Die Bücher müßten rund sein: vollgeschriebene Kugeln. Er kichert; dann verspürt er eine gelinde Scham. Er findet sich dumm und möchte sich über sich ärgern, aber auch das gelingt ihm nicht. Er fragt sich mit Strenge, warum er nicht versucht, als »positiver Held« zu leben. Wahrscheinlich ist sein Vater schuld: man hat ihm erzählt, daß er ein Trinker war. Väter, die trinken, haben kränkliche Kinder. Er denkt an seinen Vater zurück und vergegenwärtigt sich mit Gleichgültigkeit zwei oder drei zufällig herausgegriffene Momente seiner Kindheit. Er hat Schlaf, aber er weiß, daß es nicht der nächtliche Schlaf ist, der Schlaf der Träume und Fantasmagorien und der nächtlichen Ruhe. Es ist aber auch nicht der Schlaf des Todes. Er kommt sich wirklich zu dumm vor – so wichtig ist er doch nicht. »Auch die Dummen sterben«, sagt er zu sich selbst, wie um sich zu trösten. Und er schüttelt den Kopf, wie um zu sagen: »Was man nicht alles sagt.«

25 DER Herr mit dem leicht zerknitterten blauen Anzug, der in diesem Augenblick die schlecht beleuchtete Straße überquert und dabei ein wenig schwankt, ist in Wirklichkeit völlig betrunken und sein Vorhaben ist schlicht, nach Hause zu gelangen. Es ist nicht ungewöhnlich, daß er betrunken ist, obwohl er dem Wein im allgemeinen würdig standhält; ungewöhnlich ist dagegen die Art der Betrunkenheit, an der er leidet. Gemeinhin wird er zänkisch, störrisch, hintersinnig und empfindlich; er beleidigt friedliche Damen und sieht die Polizisten mit einer gewissen schüchternen Dreistigkeit an. Er beschimpft die Pferde und macht unlautere Anspielungen gegenüber Hunden. Im allgemeinen ist er in solchen Augenblicken davon überzeugt, in einer erbärmlichen Gesellschaft zu leben, die es verdient, verachtet und verlacht zu werden. Heute abend ist er – aufgrund jenes Initiationsgesetzes, das nicht selten zu einer Serie von Besäufnissen führt – dazu gelangt, sich selbst als einen Teil jener verachtenswerten Welt zu betrachten. Er fühlt sich verantwortlich, und in seinem chaotisch erleuchteten Verstand prallen Erbsünde, Klassenkampf und Tibet aufeinander. Hätte er noch Zeit, ein neues Leben zu beginnen? Was für ein Beispiel gibt er seinen Kindern, wenn er derart betrunken nach Hause kommt? Und verdient seine arme Frau einen so geringen Mann? »Gering« gefällt ihm und erscheint ihm als eine gute Definition; sie paßt zu einem Menschen, der im Begriff ist, seine Erlösung zu betreiben. Er wird beispielsweise so lange durch die Nacht gehen, bis die gröbste Betrunkenheit vergangen ist; dann wird er mit seiner Frau reden, die er schätzt und liebhat; er gehört nicht zu jenen Männern, die ihrer Frauen überdrüssig sind, nur weil sie sie jeden Tag sehen. In diesem Augenblick erinnert das Rattern einer Straßenbahn ihn an etwas. Woran? Er konzentriert sich. Mein Gott – hat er seine Frau nicht eben erst umgebracht, an diesem Nachmittag, als er ihr eine Eisenstange über den Kopf hieb? Diese Schreie! Der Herr macht eine Gebärde des Entsetzens und hält sich die Ohren zu. Er lacht. Er ist gewieft. Er wird nicht nach Hause gehen. Entweder er stellt sich oder er geht ins Kloster. Plötzlich dringt die nächtliche Luft auf ihn ein. Er erinnert sich, daß er gar keine Frau hat. Was nützt es aber, gute Vorsätze zu haben, wenn man keine Frau hat? Und wie kann man eine solche Frau überhaupt umbringen? Reglos, soweit ihm das möglich ist, versucht er herauszufinden, wieso er keine Frau hat. Alle haben doch eine. Was ist er denn – ein Hund?

Wieso ist es seiner Frau gelungen, sich nicht heiraten zu lassen? Oder war er es, der sie nicht geheiratet hat? Am Tag vor der Hochzeit ist sie mit einem abtrünnigen Priester geflohen. Aber war er nicht selbst dieser Priester? Ist die Frau nicht mit ihm geflohen? Oder war es ein anderer? »Diese Hure«, sagt er und sucht den Schlüssel in seiner Tasche – weinend und mit verächtlich verzogenem Mund.

26 WIE alle Kranken erwacht er morgens oft mit einem tiefen, wohligen Gefühl der Gesundheit. Er nimmt die eng gewordene Welt nicht wahr, die Kürze selbst der wenigen Wege, die er noch in seiner Wohnung zurücklegt. Sein immer winzigeres Leben erscheint ihm in der angemessenen Größe, wie ein Anzug, der sich ihm akkurat und elegant anpaßt. Warum ausgehen, wenn der Himmel so tief verhangen ist und die Sonne sich nicht blicken läßt? Warum sich bewegen, wenn die Unbeweglichkeit offenkundig so viel sinnvoller und sachkundiger ist? Er fühlt sich wohl – warum sollte er also Gesten machen oder Worte sprechen und Gedanken denken, die dieses wunderbare Gleichgewicht ins Wanken bringen könnten?
Um ihn herum bewegen sich indes andere Personen und er merkt, daß bei ihnen die Gefahr liegt. Er möchte gern allein sein, er weiß aber auch, daß die Einsamkeit, die ihn behütet, geduldig aus einer Menge – drei oder vier Personen mindestens – herausgeschnitten werden muß. Seine Frau blickt ihm forschend ins Gesicht: »Du siehst heute wirklich besser aus«, bemerkt sie. Das perfekte Gleichgewicht ist zerstört – in klägliche Stücke zerbrochen. Er betrachtet das Gesicht im Spiegel, das soeben von seiner Frau erforscht wurde, die seit Jahren mit ihm und diesem Gesicht zusammengelebt hat, und die sich an seine Existenz gewöhnt hat – eine Gewohnheit, die er nie anzunehmen vermochte. Er prüft das Gesicht, das heute besser aussieht: mager, mit unnatürlich großen Augen und trockenen Lippen, die – anderem geweiht – niemand zu küssen wagt. Er betrachtet die Haut an seinem Hals und die ungekämmten Haare. Dann legt er sich wieder hin und denkt erneut an seinen Körper – jenen Körper, den überzustreifen er einen Augenblick lang vergessen hatte. Wahrscheinlich geht es

mir besser, denkt er und lächelt in sich hinein; das Problem des Lebens ist – so predigt er sich und schneidet sich selbst Grimassen wie ein betrunkener Prediger – »daß es dir ständig besser geht, ununterbrochen, Tag für Tag, Stunde um Stunde«; die Besserung tritt bereits mit dem ersten Schrei nach der Geburt ein – Beginn der Genesung! »Für ein Kind sorgen«. Auch er hat einen Sohn, der sagt aber nie zu ihm »du siehst heute besser aus«. Natürlich mangelt es seinem Blick an Schärfe; die raschen Leidenschaften der Jugend lenken ihn ab. Der Kranke lacht. Es geht ihm von Tag zu Tag besser, man sieht es ganz deutlich. Noch ein wenig, immer weniger; an einem der nächsten Tage – bald kann er anfangen, sie zu zählen – wird er gänzlich ohne Symptome aufwachen – für immer, endlich.

27 EIN Herr, der ein Pferd von seltener Eleganz, eine befestigte Behausung, drei Bedienstete und einen Weinberg besaß, glaubte aus der Art und Weise, wie sich die Zirruswolken am Abend um die Sonne gruppiert hatten, erraten zu können, daß er Cornwall, wo er schon immer gelebt hatte, verlassen und sich nach Rom begeben sollte, wo er, wie er annahm, Gelegenheit haben würde, mit dem Kaiser zu sprechen. Er war weder ein Mythomane noch ein Abenteurer, aber die Zirruswolken gaben ihm zu denken. Er verwendete nicht mehr als drei Tage auf die Reisevorbereitungen, schrieb einen allgemein gehaltenen Brief an seine Schwester und einen noch allgemeiner gehaltenen an eine Frau, der einen Heiratsantrag zu machen er aus schierer Muße erwogen hatte, opferte den Göttern und machte sich eines kalten und klaren Morgens auf den Weg. Er überquerte den Kanal, der Gallien von Cornwall trennt, und befand sich alsbald in einem großen, straßenlosen Waldgebiet; der Himmel war wechselhaft und er mußte häufig mit seinem Pferd in Höhlen Zuflucht suchen, die keinerlei Spuren menschlicher Benutzung zeigten. Am zwölften Tag fand er bei einer Furt ein männliches Skelett mit einem Pfeil zwischen den Rippen; als er es berührte, zerfiel es zu Staub und der Pfeil rollte mit metallischem Klirren zwischen die Steine. Nach einem Monat traf er auf ein ärmliches Dorf, wo Bauern wohnten, deren Sprache er nicht verstand. Es schien ihm, als wollten sie ihn warnen. Drei Tage später begegnete er einem Riesen mit stumpfem Gesicht und drei Augen. Sein blitzschnelles Pferd rettete ihn, und er verkroch sich eine Woche lang in einem Wald, den kein Riese je betreten würde. Im zweiten Monat durchquerte er einen Landstrich mit schmucken Orten, belebten Städten und geräuschvollen Märkten; er begegnete Männern aus seiner Heimat und erfuhr von ihnen, eine heimliche Traurigkeit verzehre dieses Gebiet, das von einer schleichenden Pestilenz zerfressen werde. Er überschritt die Alpen, aß Lasagne in Mutina, trank schäumenden Wein, und traf Mitte des dritten Monats in Rom ein. Es schien ihm wundervoll – er wußte nicht, wie sehr es in den letzten zehn Jahren heruntergekommen war. Man sprach von Pest, Giftmischerei und Kaisern, die entweder feige oder grausam waren oder beides. Da er nun schon nach Rom gekommen war, versuchte er, wenigstens ein Jahr dort zu leben; er unterrichtete Kornisch, übte sich im Fechten und fertigte exotische Zeichnungen für die kaiserlichen Steinmetzen an. In der Arena tötete er einen Stier und wurde von einem höfischen Offizier bemerkt. Eines Tages begegnete er dem Kaiser, der ihn haßerfüllt ansah, da er ihn mit einem anderen verwechselte. Drei Tage später wurde der Kaiser zerstükkelt und der Edelmann aus Cornwall zum Kaiser ausgerufen. Er war jedoch nicht glücklich. Immer wieder fragte er sich, was jene Zirruswolken ihm wohl hatten bedeuten wollen. Hatte er sie mißverstanden? Er war nachdenklich und umdüstert; seine Miene hellte sich erst an dem Tage wieder auf, als der höfische Offizier ihm die Spitze seines Schwerts an die Kehle setzte.

28 ANGEREGT durch eine ungewöhnliche und absurde Wolkenbildung bei Tagesanbruch gelangte der Kaiser nach Cornwall; aber die Reise war so beschwerlich gewesen, so reich an Umwegen und Irrwegen, daß er den Ort, von dem er ausgezogen war, nur noch unscharf in Erinnerung hatte. Er war mit drei Knappen und einem Knecht losgezogen; der erste Knappe war mit einer Zigeunerin durchgegangen, nach einer verzweifelten Auseinandersetzung mit dem Kaiser während einer blitzdurchzuckten Nacht; der zweite Knappe hatte sich in die Pest verliebt und wollte um keinen Preis ein von der Seuche verwüstetes Dorf aufgeben; der dritte Knappe hatte sich bei den Truppen des nachfolgenden Kaisers verdingt und hatte versucht, ihn zu ermorden; der Kaiser war gezwungen, ihn als zum Tode verurteilt zu betrachten und gab vor, das Urteil zu vollstrecken, indem er so tat, als schnitte er ihm mit dem kleinen Finger den Hals ab; dann lachten beide und nahmen Abschied. Der Knecht blieb beim Kaiser. Sie waren beide still und melancholisch und wußten, daß sie ein Ziel verfolgten, das weniger unwahrscheinlich als unbedeutend war; sie hatten äußerst undeutliche metaphysische Vorstellungen, und wenn sie auf einen Tempel, eine Kirche oder ein Heiligtum stießen, betraten sie es nicht, zumal sie aus unterschiedlichen Gründen sicher waren, dort nur auf Lüge, Mißverständnis und Desinformation zu stoßen. Als sie in Cornwall angelangt waren, verhehlte der Kaiser sein Unbehagen keineswegs: er verstand die Sprache nicht, er wußte nicht, was er tun sollte, und seine Münzen wurden von mißtrauischen Bauern mit argwöhnischer Sorgfalt untersucht. Er wollte an seinen heimatlichen Palast schreiben, aber er erinnerte sich nicht an die Adresse; ein Kaiser ist der einzige Mensch, der seine eigene Adresse vergessen darf, ja muß. Der Knecht hatte keine Probleme; beim desorientierten Kaiser zu bleiben war für ihn die einzige Möglichkeit, die Orientierung zu behalten. Im Laufe der Zeit wurde Cornwall für den Handels- und Touristenverkehr erschlossen; ein Geschichtsprofessor aus Samarkand (Ohio) erkannte das Profil des Kaisers, der nunmehr seine Tage im Pub verbrachte – bedient von seinem schweigsamen Knecht. Das Gerücht, daß der Kaiser sich in Cornwall aufhalte, verbreitete sich rasch, und obgleich niemand wußte, was ein Kaiser eigentlich sei und aus welchem Teil der Welt er käme, schmeichelte die Sache den Einheimischen. Das Bier wurde ihm jetzt gratis ausgeschenkt. Das Dorf, das ihn beherbergte, nahm eine seiner Münzen in sein Wappen auf. Der Knecht bekam einen allgemeinen Adelstitel verliehen, und der Kaiser, der die Sprache des Ortes jetzt ein wenig spricht, wird in wenigen Tagen die schöne Tochter eines depressiven Kriegers heiraten; er hat jetzt eine Uhr und ißt Apfelkuchen; man sagt, daß er bei den bevorstehenden Wahlen liberaler Kandidat sein werde, um in Ehren zu verlieren.

29 »WAS machen Sie denn hier an diesem Ort?« sagte eine erstaunte Stimme zu einem dunkel gekleideten alten Herrn mit einem unmöglichen Schirm in der Hand. »Wie?« fragte der alte Herr mit ausländischem Akzent. »Sind Sie tot?« »Tot? Nein«, antwortete der alte Herr »sind denn hier Tote?« »Wie sind Sie überhaupt hereingekommen?« beharrte mehr perplex als ärgerlich der erste – ein junger Mann mit einem natürlichen Respekt vor dem Alter. »Warten Sie«, fügte er dann hinzu und näherte sich einem anderen jungen Mann, der gerade dabei war, dicke Knäuel einer leichten faserförmigen Materie zu verschieben. Der alte Herr bemerkte, daß die beiden jungen Männer die gleiche himmelblaue Uniform anhatten – ein wenig ordinär, dachte er unwillkürlich, wie die von Laufburschen. Der zweite Wärter ging jetzt entschieden beunruhigt auf den alten Herrn zu. »Hören Sie«, sagte er, »das ist wirklich eine schlimme Sache; hier kommt keiner herein, der noch lebt.« »Bin ich in der Hölle?« fragte der alte Herr ohne Sarkasmus aber mit großer Neugier. »Oh nein, bewahre«, sagte der gute Wärter, »dies ist lediglich ein geheimer Ort, verstehen Sie? Schlafen Sie gerade?« »Natürlich«, antwortete der alte Herr und sah auf seine Uhr »es ist zwei Uhr nachts und ich muß morgen zeitig aufstehen.« »Dann muß er durch einen Traum hierhergeraten sein«, sagte der erste Wächter zum zweiten. »Bringen wir ihn um?« »Bist du verrückt?« fauchte der andere, »den Professor umbringen?« »Du mußt zugeben, daß das eine schöne Bescherung ist. Er hat jetzt alles gesehen. Sollen wir ihn einfach zurückschicken?« Der Professor sah sie aufmerksam an, als hätte er verstanden und auch wieder nicht. »Jude, was?« fragte der erste Wärter mit Herzlichkeit. Der Herr nickte. »Da gibt's nur eins: verdrängen«, murmelte der zweite. »Moment mal«, erwiderte der erste mit leichtem Mailänder Akzent. Dann wandte er sich an den alten Herrn: »Sie wissen doch, wo Sie sind?« Der Herr antwortete mit einer zweideutigen Kopfbewegung. Dann fügte er hinzu: »Ich bin aber nur ganz zufällig hierhergekommen – durch einen Traum.« Eine andere Stimme rief von einer Tribüne herunter: »Ich brauche dringend die Inzeeeste!« »Heiliger Strohsack, die Inzeste«, sagte der Zweite und rannte zu seinen Riesenknäueln. »Alles klar?« Der junge Mann sah den Alten ehrerbietig an: »Sie gehen jetzt wieder in Ihre Heia, aber von nun an sind Sie einer der Unseren.« Über das Gesicht des Herrn huschte der Schatten eines Lächelns. »Sehen Sie, tagsüber werden Sie nichts wissen, aber nachts, da wissen Sie jetzt alles. Und da können wir Sie nicht mehr einfach so herumlaufen lassen, verstehen Sie?« Und seither spielt der Professor allnächtlich kleine Rollen, halb drollig, halb bedrohlich, in den Träumen reicher Herren.

30 UM zehn Uhr dreißig vormittags entdeckte ein beleibter Herr mit Bart und leicht zerknittertem Anzug, daß er die Gabe besaß, Wunder zu wirken. Eine ganz einfache Geste genügte: er brauchte nur mit dem Daumen der rechten Hand über die Kuppen des Zeige-, Mittel- und Ringfingers der gleichen Hand zu streichen. Das erste Mal war es natürlich ganz unwillkürlich geschehen, und er hatte im Handumdrehen eine räudige Katze geheilt. Es handelte sich um richtige Wunder – nicht um »Wunscherfüllungen«. Als er die Geste einmal machte und dabei Geld verlangte – er hatte eine bestimmte, durchaus vernünftige Summe genannt – geschah überhaupt nichts. Es mußte jemandem nützen. Er heilte ein Kind, beruhigte ein Pferd, beschwichtigte den Tobsuchtsanfall eines verrückten Mörders und hielt eine Mauer im Gleichgewicht, die auf Großeltern und Enkel herabzustürzen drohte. Widerlich – es gab kein anderes Wort. Niemals hätte er geglaubt, daß Thaumaturg zu sein so – wie soll man sagen – *cheap* sein könnte. Es gab nur einen Pluspunkt, den der beleibte Herr für sich verzeichnen konnte, aber der war wichtig: er war kein Gläubiger. Er war auch kein wirklicher Atheist – dazu fehlte ihm das philosophische Gemüt – aber die Religionen ödeten ihn allesamt an. Und warum mußte ausgerechnet ihn diese Geschichte mit den Wundern treffen? Angenommen, die Existenz einer allerhöchsten Macht sollte bewiesen werden – was war das dann für eine Macht? Götter gab es dutzendweise, ebenso wie Halbgötter, Dämonen, Kobolde und Geister. Er war nicht interessiert daran, Wunder zu wirken. Was war es also – ein Schabernack? Ein Versuch, ihn zu bekehren? Oder eine Art und Weise, ihn »irrezumachen«? Der beleibte Herr war ärgerlich. Als er beim vierzigsten Wunder angelangt war und merkte, daß einiges ruchbar zu werden begann, beschloß er, etwas zu unternehmen. So kam es, daß er eines Tages mit lebhaftem Widerwillen die Kirche eines Stadtviertels betrat, wo er noch keine Wunder gewirkt hatte, und sich an einen Priester wandte. Er sprach ganz offen: er betonte nicht nur, daß er nicht gläubig sei, sondern erklärte auch, daß die Wunder ebensogut von einem ganz anderen Gott stammen konnten als dem in dieser Kirche verehrten. Der Priester zeigte kein Erstaunen. »Das ist nicht der erste Fall«, sagte er, »obwohl bei uns noch nichts derartiges vorgekommen ist. Verheiratet?« »Nein«. »Warum werden Sie nicht Priester?« »Aber ich bin doch nicht gläubig«, antwortete er. »Wer ist denn heute noch gläubig? Sehen Sie, Sie wirken Wunder; wenn Sie Mathematiker wären, würde ich Ihnen raten Ingenieur zu werden.« Das vorletzte Wunder des beleibten Herrn bestand darin, daß er den Priester bekehrte und ihn veranlaßte, Buße zu tun; das letzte war, daß er sich selbst abschaffte, damit der Priester auch wirklich überzeugt sein konnte, daß ein Wunder an ihm geschehen war. Dies letzte Wunder ist von den Experten sehr gewürdigt worden.

31 EHRLICH gesagt: dieser Mann tut überhaupt nichts. Er faulenzt. Er liegt auf dem Bett herum, räkelt sich, wechselt seine Lage. Er geht in der Wohnung umher. Er macht sich einen Kaffee. Nein, er macht sich keinen Kaffee. Nein, er geht nicht in der Wohnung umher. Er denkt an all die wunderbaren Dinge, die er tun könnte, und verspürt ein leichtes Unbehagen, welches Schuldgefühl zu nennen indes übertrieben wäre. Das Nicht-Tun ist lediglich eine Art des Tuns, deren er gänzlich entwöhnt ist. Wenn ich ein Soldat wäre, grübelt er – einer von jenen Soldaten, die sich nur als Männer fühlen, wenn der Kanonendonner rollt und eine vernünftige Möglichkeit besteht, getötet oder verwundet, jedenfalls aber in ein Denkmal verwandelt zu werden – dann müßte ich zugeben, daß ich mich nicht nur so verhalte, als rollte kein Kanonendonner, sondern beinahe so, als wäre soeben der Weltfrieden verkündet worden – gleichzeitig mit der Vernichtung aller Denkmäler. Wie würde er sich aber fühlen, ein solcher Soldat? Als überflüssiger Mensch. Es gibt jedoch einen grundlegenden Unterschied: in der Tat wäre jener Soldat vermutlich unglücklich und würde am Ende einen Streit mit einem Polizisten vom Zaun brechen, den er seiner Uniform wegen als Feind betrachten könnte. Ich, so denkt jener Mann weiter, bin nicht unglücklich. Nein, ich bin auch nicht glücklich, so vermessen bin ich nicht. Und da sage ich mir eben, daß ich mich an meiner Kommode freue; nun ist aber meine Kommode ein plumper und schäbiger Gegenstand, und wenn ich mich daran freue, dann heißt das, daß ich sie behandle wie einen guten Hund, der niemanden beißt und die Fußböden nicht beschmutzt. Ich liebe auch den kleinen Leuchter, obwohl er nur ein nachgemachter und ein ziemlich blöder Leuchter ist. Mehr als alles aber liebe ich meine Pantoffeln, die ihre reichlich beschränkte Aufgabe mit unsäglicher Leidenschaft erfüllen; nie sind Füße von Filmstars oder Heiligen ähnlich liebevoll verwahrt worden. Was soll man nun aber von einem denken, der gesteht, daß er seine eigenen Pantoffeln liebt? In der Tat bemüht er sich nicht zu denken. Doch um die Wahrheit zu sagen: es mißlingt ihm. Man kann nicht eigentlich sagen, daß er denkt, aber er hat den Eindruck, daß irgendwo in einem unteren Bereich eine Zone, die gewöhnlich von anderen Bereichen übertönt wird, mit rasender Geschwindigkeit denkt oder Pläne schmiedet oder über irgendwelche Dinge meditiert – Dinge, Dinge, was mochten das für Dinge sein? Nichts Ernstes, sagen wir, nichts Wahres – aber mit einer Schnelligkeit, einer Schläue und einer Geschicklichkeit, daß ihm jede Möglichkeit genommen ist, schuldig zu sein. Einige Stunden lang beschränkt sich seine Aufgabe darauf, der Uhr zuzuhören. Aber was für einer Uhr? Ach, er weiß es wirklich nicht. Jedenfalls nicht der, die er am Handgelenk trägt und die seine Arbeit schon seit jeher rhythmisiert. Vielleicht simuliert irgendwo ein Ticken das Denken und – einen Augenblick lang scheint ihm alles klar – skandiert Stunden, die noch nicht sind und die auch nie begonnen haben.

32 JENER Herr dort ist aus Gips. Natürlich ist er ein Denkmal. Er könnte auch aus Marmor sein, aber die Gemeinde hat sich für Gips entschieden, weil es billiger ist. Der Herr aus Gips ist darob nicht gekränkt. Gips ist zwar keine besondere Kostbarkeit, aber er ist achtbar. Er wird schmutzig, was von Mühsal und täglichem Leben – einem noblen Leben – zeugt. Da der Herr aus Gips ist, hat er vermutlich Familie: eine Gipsfrau in einem Park und ein paar Gipskinder in einem Garten oder im Vorhof eines Findelhauses. Marmordenkmäler haben bekanntlich keine Familie. Marmor ist schön, mit schönen Reflexen, und sauber – aber so eiskalt. Kein Marmorherr hat eine Marmorfrau, mit Ausnahme der seltenen Fälle wo man aus dynastischen Gründen eine Regentenehe stiften mußte. Der Gipsherr ist einigermaßen zufrieden damit, wie man ihn gekleidet hat: ein wenig enge Hosen, glatter Latz, Jacke mit Falte, als wehte der Wind, und eine Weste mit allen Knöpfen, auf die er sehr stolz ist, da eine Weste von einer würdigen Karriere zeugt. Unter die rechte Achsel hat man ihm ein Buch geklemmt. Er hat keine Ahnung, was das für ein Buch sein könnte – der Titel ist der Straße zugekehrt, damit die Leute ihn lesen; in Wirklichkeit liest ihn aber nie jemand, außer ab und zu ein unbeschäftigtes Kind. Er weiß nicht, wovon das Buch handelt und ob es ihm gehört, oder ob man es ihm nur geliehen hat. Es stört ihn, daß er den Titel nicht lesen kann. Er hat versucht, ihn von den glatten Lippen der Kinder abzulesen, aber ohne Erfolg. Noch eine andere Sache stört ihn, wenigstens ein bißchen: er steht auf einem Sockel – natürlich weiß er, daß es auch sitzende Denkmäler gibt, aber das bekümmert ihn wenig – und auf dem Sockel steht etwas geschrieben. Es muß sich um den Namen und die Geburts- und Sterbedaten handeln. Als Denkmal interessieren ihn die Daten nicht; ihn interessiert der Name, weil es der Name eines Herrn ist, von dem er das Denkmal ist. Er ist froh darüber, ein Denkmal zu sein – doch warum will man ihm nicht sagen, von wem? Nun – das wichtige ist, daß er ein gutes Denkmal ist und sich mit den Tauben vergnügt, die sich auf ihn setzen. Unterdessen weiß das Denkmal nicht, daß der Herr, von dem der Gipsherr das Denkmal darstellt, wütend ist. Er – und dieser Gips! Er – und diese Tauben! Er – mit diesem Buch unterm Arm, wo er doch so viele Bücher geschrieben hat, so viel dickere und entscheidendere! Der Herr ist wütend und hat im übrigen schon immer einen miserablen Charakter gehabt. Seit er gestorben ist – es ist nun schon zwanzig Jahre her – ist er noch nie hier vorbeigekommen. Nur wenn es stürmisch regnet, schaut er manchmal aus einer Seitenstraße hervor, in der Hoffnung, der Gipsmann möge zerbrechen, in Stücke zerfallen, sich auflösen – er und seine ganze Taubenkacke. Es ist wirklich ein Jammer, daß niemand ihm sagt, wie froh er – der Herr aus Gips – darüber ist, sein Denkmal zu sein; ebenso wie seine Frau: Klio, die Muse der Geschichte.

33 IM Laufe der Zeit ist er ein leidenschaftlicher Wartender geworden. Er liebt es zu warten. Selbst äußerst pünktlich, haßt er die Pünktlichen, die ihn mit ihrer manischen Genauigkeit um den unglaublichen Genuß jenes leeren Zeitraums bringen, in dem nichts Menschliches, nichts Vorhersehbares, nichts Aktuelles geschieht, und in dem alles den beglückenden und rätselhaften Duft der Zukunft atmet. Wenn das Stelldichein an einer Straßenecke ist, dann gaukelt er sich mit Vorliebe ein ganzes Märchen möglicher Mißverständnisse vor: er geht von einer Straßenecke zur anderen, kehrt wieder zurück, blickt sich forschend um, überquert die Straße; das Warten gestaltet sich rastlos, kindlich, abenteuerlich. Es gab eine Zeit, da eine zehnminütige Verspätung ihn in blinde Wut versetzte, so als hätte man ihn beleidigt. Jetzt wünscht er sich Verspätungen von fünfzehn, zwanzig Minuten. Es müssen aber echte Verspätungen sein; deshalb nützt es nichts, wenn er zu früh kommt. Zuweilen ist das Warten unbewegt; dann findet er irgendeinen Gegenstand um sich zu setzen, an den lehnt er sich mit einem Schenkel und baumelt langsam mit dem Bein; dabei betrachtet er die Spitze seines Schuhs, was er in keinem anderen Augenblick des Tages tun könnte. Wenn die Verspätung sich hinzieht, wechselt er das Standbein und erforscht sein Knie; dann nimmt er seinen Hut ab und betrachtet aufmerksam das Futter; er buchstabiert laut Namen und Adresse des Hutmachers; dann plaudert er ein wenig mit sich selbst, so als wäre er sich selbst ein Fremder, den er eben erst kennengelernt hat; er redet über das Wetter, über die Mode, ja sogar über Politik – aber vorsichtig, weil man ja nie weiß, wie ein anderer denkt. Er verabredet sich gern an geschützten Orten, beispielsweise unter Laubengängen, wo er lange auf und ab gehen und jedwede Verspätung auskosten kann – mit der gemächlichen Genüßlichkeit eines Hausherrn, der mitten im Garten auf seine Gäste wartet. Tatsächlich wird er während des Wartens zum Besitzer der Ecke, der Straße, des zum Treffpunkt bestimmten Orts. Dort stellt er sich als Gastgeber auf, und die Verspätung ist das natürliche Gastgeschenk, das er als großzügiger Besitzer den Fremden gewährt, die von weither kommen, während er selbst – immer – zu Hause ist. Wenn das Wetter wind- und wolkenzerzaust ist, dann schlägt er Verabredungen in der Nähe von Kirchen vor. Kommt dann der Regen, so gefällt es ihm ungemein, in der fast immer dunklen und halbleeren Kirche Zuflucht zu suchen und dort die heimliche Barmherzigkeit des Wartens zu üben. Er zählt die Kerzen, nickt dem Heiligen Antonius mit dem Waisenkind im Hemdchen zu und blickt dann unverwandt auf den Altar, entspannten Körpers, ohne Ungeduld, und mit einer geheimen Hoffnung – in jener Andeutung des Wartens, die das Meisterwerk seiner Existenz ist.

34 DER dort ist wirklich ein Gewohnheitsmensch. Er trägt immer, schon immer, genau wie ihr ihn jetzt seht, einen grauen Anzug. Er hat drei völlig gleiche Anzüge, die er abwechselnd anzieht. Außerdem hat er drei paar dunkle Handschuhe und drei paar Hüte. Er wacht um fünf vor sieben auf und erhebt sich um sieben. Für die Pünktlichkeit seines Erwachens sorgen drei aufeinander abgestimmte, auf Greenwicher Zeit eingestellte Wecker. Drei weitere Wecker sind der ständigen Pflege eines einzigen Uhrmachers anvertraut, der sich der Wichtigkeit seiner Aufgabe voll bewußt ist. Punkt acht ist er bereit, um aus dem Haus zu gehen. Ein dreißigminütiger Weg trennt ihn von seinem Arbeitsplatz. Er hat es aufgegeben, öffentliche Verkehrsmittel zu benützen, wegen ihrer unberechenbaren Ungenauigkeit. Um fünf Uhr fünfundvierzig ist er wieder zu Hause. Er ruht sich dreißig Minuten lang aus. Er liest weder Bücher noch Zeitungen, die er als Sammeldepots von Ungenauigkeiten betrachtet. Er ißt maßvoll und trinkt nicht. Er geht eine Stunde lang spazieren, im Haus oder ums Haus herum, je nach Wetter. Er verabscheut Zeit wie Wetter, welche er als ein Merkmal der grundlegenden Ungenauigkeit des Universums betrachtet. Wind und Regen lehnt er ab. Um zehn Uhr dreißig geht er zu Bett. An diesem Punkt bricht in dem sonst so ruhigen und gelassenen Mann ein wütender Kampf aus: er haßt nämlich die Träume. Zuweilen träumt er, daß er stirbt oder getötet wird und freut sich darüber, weil er annimmt, daß sein Traum-Ich auf diese Weise bestraft oder zerstört wird. Er übt sich darin, die Träume zu vergessen oder sich zu überreden, daß sie nicht existieren. Aber gerade die Tatsache, daß sie nicht existieren und doch Gestalt annehmen, beunruhigt ihn zutiefst. Auch das Nicht-Sein ist zur Unordnung fähig.
Auf seinem täglichen Weg betreibt er das, was er seine »geistliche Übung« nennt; sie besteht in der Eingrenzung der Welt auf einen

eng umschriebenen Lauf, in welchem immer weniger geschehen kann. Hinter dieser »Übung« verbirgt sich aber in Wahrheit ein weitaus spitzfindigerer, gelehrterer und hartnäckigerer Plan. Er möchte aus seinem Tagesablauf und seinem Haus einen einmaligen, in der Weltordnung zentralen Ort machen. Er möchte, daß sein Schritt das genaue Pendel der Welt sei. Er ist überzeugt davon, daß die Welt nicht in der Lage ist, seiner Genauigkeit standzuhalten. Er hat sich deshalb darangemacht, einen noch verwegeneren Plan auszuhecken. Eines Tages wird er eine ungenaue Geste machen – unvereinbar mit der Welt; und diese – das weiß er – wird zerfetzt werden und in alle Winde verstreut wie eine alte Zeitung an einem stürmischen Tag. Dann wird er auf dem Thron Gottes über das von den Träumen gereinigte Nichts regieren – er, der gehobene Angestellte, gekleidet in Grau.

35 JENER Mann wird sich mit einer Frau treffen, in die er nicht verliebt zu sein glaubt und in die er verliebt zu sein fürchtet. Da er vorsichtig ist, wacht er über seine Gefühle: er prüft sie eins ums andere. Keins davon deutet auf Verliebtheit hin; dennoch verleiht die ständige Prüfung, das fortgesetzte Verhör, jedem einzelnen von ihnen einen Schimmer von Schuld, der an die Röte der Verliebtheit gemahnt.

Jene Frau wird sich mit besagtem Mann treffen; sie liebt ihn nicht, ist aber äußerst mißtrauisch gegen jede Möglichkeit, ihn doch zu lieben; deshalb verhält sie sich – da sie ihn nicht liebt – wie eine Frau, die vor sich und vor anderen eine Liebe verleugnet, die es nicht gibt. Beide sind spitzfindig in ihren Unterscheidungen und mißtrauen deshalb einer dem anderen; dennoch suchen sie einander auch weiterhin.

Ihre Gespräche sind kultiviert und keineswegs bar einer gewissen zaghaften Leidenschaftlichkeit; es besteht kein Zweifel, daß die Themen, mit denen sie sich befassen (und die uns hier nicht weiter interessieren können), ein authentisches abstraktes und geistiges Interesse in ihnen wecken; in der Tat haben beide eine solide Berufung zum Intellektuellen – handfester bei der Frau, flatterhafter und unbeständiger beim Mann. Beide geben zu, daß der andere mit einer reichen und erquicklichen Mitteilsamkeit

ausgestattet ist; wahrscheinlich könnte weder der eine noch der andere einen passenderen Gesprächspartner finden. Das eifersüchtige Wachen über die Strenge ihrer Gefühle hat dazu geführt, daß sie zu intensiv allgemeinen, akut abstrakten und verbissen idealischen Gesprächen neigen; sie sprechen nicht über bestimmte Personen, erwähnen keine noch lebenden gemeinsamen Bekannten und vermeiden es mit Entschiedenheit, sich auf körperliche Wesen als solche zu beziehen.
Sie denken, daß es durchaus ersprießlich sein könnte, diese Gespräche auch nach ihrem Tode fortzusetzen, wäre da nicht das Problem, daß man nicht weiß, ob die Toten nicht vielleicht soviel wissen, daß sie nichts mehr zu diskutieren haben, oder ob sie als Tote gar nicht mehr diskutieren können. Wenn sie von solchen Gedanken berührt werden ohne sie sich gegenseitig mitzuteilen, dann befällt sie eine flüchtige, aber nicht oberflächliche Angst. Sie lieben es über alles, miteinander zu diskutieren. Sie lieben ihre Stimmen, ihre Themen, die Zweifel, die Unschlüssigkeiten, die Ausnahmen, die Einwände, die Paradoxe, die Syllogismen und die Metaphern. Mit einer seltsamen geistigen Bestürzung denken sie an ein Leben ohne die Stimme des anderen. Und da schweigen sie für eine kurze Weile, zumal sie der Stimmlichkeit der Stimme – jener eitlen Wächterin über die Reinheit der Begriffe – in strenger Weise mißtrauen und stets mißtrauen werden.

36 DER Architekt, der einstimmig mit dem Bau der neuen Kirche betraut wurde, ist nicht gläubig. Er ist tolerant gegen die kirchliche Gemeinschaft und den Klerus – weniger gegen die Gläubigen; jedenfalls ist er kein Christenverfolger. Trotzdem ist er absolut sicher, daß Gott nicht existiert, und daß die Priester demnach Zeremonien feiern, die jeden objektiven Sinns entbehren und deren einzige Aufgabe darin besteht, sie selbst und die Gläubigen vom Bewußtsein der Inexistenz Gottes abzulenken. Der Architekt weiß, daß die Worte Geist, Seele, Sünde, Erlösung, Tugend keinerlei Bedeutung haben; und trotzdem kann er nicht leugnen, daß er ihren Sinn versteht, wenigstens so weit, daß er in der Lage ist, mit den Auftraggebern der neuen Kirche zu sprechen. Er ist ein guter Architekt – nüchtern und phantasievoll; er hat »lichtdurchflutete« Schulen gebaut, »heitere und behagliche« Krankenhäuser, ein diskretes Altersheim und funktionelle Bahnhöfe; ferner ein ganzes Stadtviertel, das der Stolz der Stadt ist, die es ihm in Auftrag gab. Jetzt, zum ersten Mal, soll er ein Gebäude errichten, das er als absolut überflüssig, ja als verlogen betrachtet, und zwar umso verlogener, je besser es ihm gelungen sein wird. Der Architekt hat ein starkes Berufsethos. An und für sich bedeutet eine Kirche zu bauen nichts weiter, als ein Gebäude mit einer besonderen, durch die Auftraggeber zu spezifizierenden Bestimmung zu errichten. Nun hegen diese Auftraggeber aber Überzeugungen, die er nicht nur als unsinnig, sondern auch als unmoralisch betrachtet. Gesetzt den Fall, man betraute ihn mit der Errichtung eines Galgens – würde er ohne Zögern annehmen? Aber ist eine Kirche denn ein Galgen? In gewissem Sinne ist sie es; sie ist ein Ort, der als Durchgangsstation auf dem Weg zum Nichts geplant ist. Die Auftraggeber wollen von ihm nur dies eine: daß er den Ort des Durchgangs schmücke. Dann wäre er aber nicht anders als die Priester selbst, die jenes Nichts mit den Schleiern ihrer zeremoniellen Phantasie schmücken und es darunter verstecken. Wollen sie ihm also nahelegen, Priester zu werden? Er könnte ein Priester des Nichts sein, ein Schmücker, der nicht verschleiert, nicht verbirgt, nicht ausweicht. Wäre diese Kirche also ein falscher, trügerischer aber wahrhaftiger Ort? Gibt es überhaupt einen anderen Weg, um ins Nichts zu gelangen? »Schmücke das Nichts, baue das Nichts, gib uns das ewige Nichts«, läßt er die Priester sagen. Mit der Hand berührt er das schmucklose Gras auf dem öden Gelände – das Gras, das man ausreißen muß, um seinem Gebäude Platz zu machen, und in einem denkt er an den Altar, an die Priester, an das Gras und an das Nichts.

37 DIE Frau, die er erwartet hat, ist nicht zur Verabredung gekommen. Trotzdem fühlt er – der etwas allzu jugendlich gekleidete Mann – sich deshalb nicht gekränkt; ja, er leidet überhaupt nicht darunter. Wenn er etwas aufmerksamer wäre, dann müßte er sich sogar eingestehen, daß er ein leichtes aber unbezweifelbares Vergnügen darüber empfindet. Er kann nun hinsichtlich der Gründe, weshalb die Frau nicht pünktlich am Treffpunkt erschienen ist, verschiedene Hypothesen aufstellen. Während er die Hypothesen prüft, entfernt er sich nicht vom vereinbarten Ort der Verabredung, geht lediglich ein wenig beiseite, gleichsam als handle es sich um ein Nest, in dem etwas von ihr oder sie als Ganzes zusammengekauert sitzt. Wahrscheinlich hat sie es vergessen. Da er sich selbst gern als inkonsistente Person sieht, gefällt ihm diese Hypothese, zumal aus ihr hervorgeht, daß auch sie ihn als unbedeutend und zufällig erkannt hat und damit als einen, den zu vergessen die einzige Art ist, ihn zu erinnern. Sie könnte sich in einer plötzlichen Laune entschieden haben, womöglich im Zorn, zumal sie eine heftige Frau ist; dann hätte sie ihm die Funktion einer Plage zuerkannt, einer winzigen Wunde, gewiß nicht einer Herzensangst, wohl aber eines Etwas, das sie nicht aus ihrem Leben entfernen kann, wenigstens nicht aus bestimmten Tagen. Sie könnte sich in der Zeit geirrt haben, und in diesem Augenblick merkt er, daß er, gerade er, nicht mehr deutlich weiß, um welche Zeit die Verabredung war. Aber das beunruhigt ihn nicht, zumal es ihm natürlich erscheint, daß die Zeit ungenau sei, da er sich mit der Frau, die nicht gekommen ist, unausgesetzt verabredet fühlt. Könnte es nicht auch ein Irrtum hinsichtlich des Ortes sein? Er lächelt. Bedeutet es vielleicht, daß sie sich versteckt, an irgendeinem geheimen Ort Zuflucht sucht, und daß ihre Abwesenheit demnach Angst, Flucht oder auch Spiel, Lockung ist? Oder daß die Verabredung überall war, weshalb in Wirklichkeit keiner den anderen verfehlen konnte, weder hinsichtlich des Ortes noch der Zeit? Daraus müßte er dann schließen, daß die Verabredung in Wirklichkeit nicht nur eingehalten, sondern auch mit absoluter Genauigkeit befolgt, ja interpretiert, verstanden und vollzogen wurde. Das leichte Vergnügen verwandelt sich in einen Anflug von Freude. Ja er beschließt sogar, daß die Verabredung dermaßen erlebt wurde, daß er von nun an nichts Höheres und Umfassenderes mehr geben kann als sich selbst. Ruckartig kehrt er dem Ort der Begegnung den Rücken und flüstert der Frau, der zu begegnen er sich anschickt, ein zärtliches »Leb wohl« zu.

38 ES besteht kein Zweifel, daß er nachdenklich ist – kein ungewöhnlicher Zustand, zumal er ein Mensch ist, der gern klar und methodisch denkt, wobei er die mit professioneller Kompetenz gehandhabten Begriffe scharfsinnig differenziert. In gewisser Weise ist er heute nachdenklich über die Tatsache, daß er nachdenklich ist, zumal seine Nachdenklichkeit ein Thema berührt hat, das ihm im ganzen gesehen nicht angemessen – oder besser gesagt herabgemindert erscheint durch seinen grundsätzlichen Widerstand gegen klare und deutliche Gedanken, was wiederum ein unbestimmtes Unwohlsein – vielleicht sollte man abschwächend sagen: ein Unbehagen – in ihm hervorruft. Das Thema ist die Liebe. Er verspürt ein lebhaftes und unbezweifelbares Interesse für eine junge Frau, welche dem Urteil einiger Experten zufolge deutliche Anzeichen von Verliebtheit zeigt. Nun ist er aber ganz sicher, daß sein lebhaftes und unbezweifelbares Interesse eine Variante der Freundschaft, der Anteilnahme und der affektiven Kollaboration darstellt – ein Ausdruck, der ihn sehr befriedigt –, jedoch absolut nichts mit Liebe zu tun hat. Er hat indessen den Eindruck, daß die junge Frau, der er einen gewissen physischen und geistigen Wert nicht absprechen möchte, eher dazu neigt, eine nicht ganz klare, nicht ganz angemessene und nicht ganz vernünftig differenzierende Interpretation ihrer Beziehung vorzuschlagen. Die Sache setzt ihn in Verlegenheit, zumal kein Zweifel besteht, daß er die Anwesenheit der jungen Frau in seinem Leben mit ungeheucheltem Wohlwollen betrachtet. Er kann es andererseits – wegen des Respekts, den er seiner eigenen geistigen Rechtschaffenheit schuldet – weder zulassen, daß die junge Frau – vielleicht etwas überstürzt – sich zumindest an der Schwelle einer Beziehung wähnt, noch daß man ihm unklare Gedanken zuschreibt, wie etwa daß er es versäumt habe, sich einen festen lexikalischen Schlagbaum zu setzen zwischen »heftige Zuneigung« und »Liebe«. Er ist sich absolut bewußt, daß in ihm keine Liebe und keine Bereitschaft zu einer privaten Beziehung besteht, und daß für keine vorstellbare Zukunft irgendetwas derartiges denkbar ist. Seine Position erscheint ihm ehrlich, klar und deutlich. Er begreift nicht, weshalb die junge Frau solche Mühe hat, eine so einleuchtende Aussage zu verstehen, und weshalb sie seinem Vorschlag einer entliebten aber liebevollen, warmen aber entfremdeten Beziehung der Beziehungslosigkeit, die – wie ihm scheint – zugleich an der Klarheit und an der

Nützlichkeit teilhätte, derart fassungslos gegenübersteht. Er kann andererseits nicht leugnen, daß die Verliebtheit der jungen Frau ihm ungemein schmeichelt, und daß er, falls die junge Frau aufhören sollte, ihn zu lieben, die Sache als ein Zeichen von Unbeständigkeit auffassen würde; und es würde ihm schwerfallen, mit einem unbeständigen und nicht klaren Wesen befreundet zu sein. Er hat den Eindruck, in eine Falle des Nicht-Klaren geraten zu sein, und erleidet einen leichten Angstanfall, der nicht vorübergehen wird, bevor er nicht gänzlich und unwiderruflich entkommen ist.

39 EIN Schatten huscht zwischen den Drahtverhauen, den Schützengräben und den nächtlichen Umrissen der Geschütze durch; der Melder hat es eilig; ihn treibt ein glückliches Ungestüm, eine rastlose Ungeduld. Er hat einen Brief in der Hand, den soll er dem Offizier aushändigen, der die Befestigung kommandiert – diesen Ort vielfachen Todes, vielfachen Lärms, vielfacher Klagen und Verwünschungen. Der flinke Melder durcheilt die weitläufigen Gänge des langen Krieges. Da, er hat den Kommandanten erreicht, einen schweigsamen Mann mit einem wachen Ohr für nächtliche Geräusche: das ferne Grollen und die kurzen, flüchtigen Gewehrfeuer. Der Melder salutiert, der Kommandant – ein nicht mehr junger Mann mit zerfurchtem Gesicht – öffnet den Brief, entfaltet ihn, liest. Er liest noch einmal aufmerksam. »Was soll das heißen?« fragt er seltsam den Melder, denn die Botschaft ist Klartext und in klaren und gewöhnlichen Worten abgefaßt. »Der Krieg ist vorbei, Herr Kommandant«, bestätigt der Melder. Er blickt auf seine Armbanduhr: »Seit drei Minuten ist er vorbei.« Der Kommandant hebt den Kopf, und mit grenzenlosem Erstaunen gewahrt der Melder in seinem Gesicht etwas Unfaßliches: einen Anflug von Grauen, Schrecken, Wut. Der Kommandant zittert – zittert vor Zorn, Groll, Verzweiflung. »Hau ab, du Schwein«, befiehlt er dem Melder; der begreift nicht, und der Kommandant steht auf und schlägt ihm mit der flachen Hand ins Gesicht. »Hau ab, oder ich bring dich um!« Der Melder flieht, die Augen voller Tränen und Angst, fast als hätte das Entsetzen des Kommandanten ihn angesteckt. Der Krieg ist also vorbei, denkt der Kommandant. Man kehrt wieder zum natürlichen Tod zurück. Die Lichter werden wieder angezündet. Aus der feindlichen Stellung dringen Stimmen herüber: jemand schreit, weint, singt. Jemand zündet eine Laterne an. Der Krieg ist überall vorbei – keinerlei Spur von Krieg mehr; die pedantisch präzisen, rostigen Waffen sind endgültig überflüssig. Wie oft haben sie wohl auf ihn gezielt, um ihn zu töten – jene Männer dort, die jetzt singen? Wieviele von ihnen hat er getötet oder töten lassen – mit der Legitimation durch den Krieg? Denn der Krieg legitimiert den gewaltsamen Tod. Und nun? Das Gesicht des Kommandanten ist tränenüberströmt. Das ist nicht wahr! Man muß es sofort klarstellen, ein für allemal, der Krieg kann nicht vorbei sein. Langsam und mühselig hebt er seine Waffe und zielt auf die Männer, die dort singen, lachen, sich umarmen – die versöhnten Feinde. Ohne zu zögern beginnt er zu schießen.

40 ZWISCHEN dem Ausklang des Sonntags und den ersten Morgenstunden des Montags beginnt er, die neue Woche zu planen, indem er eine feine und vertrackte Berechnung von Begegnungen aufstellt. Im allgemeinen widmet er den Montag – einen dumpfen Tag, auf dem das schwankende Gewicht einer ganzen Woche lastet – einer seiner fünf glatten Freundinnen: als glatt bezeichnet er jene Freundinnen, die keine affektiven, sexuellen oder intellektuellen Probleme stellen; bei denen er von einem Tag zum anderen beschließen könnte, sie nie mehr zu sehen, und denen gegenüber er nie auch nur die harmloseste Schwäche gezeigt hat. Glatte Freundinnen gibt es fünf: zwei leiden unter depressiven Zuständen, eine ist angstbesessen, die vierte ist ganz und gar dumm, aber stets bereit, über seine Witze zu lachen, die fünfte ist relativ ausgeglichen, aber zu gebildet. Von den Depressiven – wenn sie nicht gerade deprimiert sind – ist eine liebenswert und zart, untermütterlich, die zweite barsch kommunikativ und ehrlich, ein wenig maniriert; hervorragend die Angstbesessene außerhalb der Angst: vorsichtig, leicht, nicht vorhanden, unterwürfig. Gesetzt den Fall, er entschlösse sich für die Angstbesessene und sie wäre frei. Dann könnte er einen verspäteten Angstanfall nicht ausschließen und träfe deshalb für den nächsten Tag zwei Verabredungen: eine mit einem phantasievollen und großzügigen Freund, die andere mit einer ruhigen und etwas banalen Frau, die keinerlei Krisen kennt. Er wird sich später entscheiden. Am Mittwoch möchte er eine Frau sehen, die er begehrt aber nicht liebt; er wagt jedoch nicht, mit ihr zu sprechen, bevor er für den Donnerstag nicht etwas mit einer äußerst trostreichen, wahrscheinlich verliebten Frau ausgemacht hat, der er die unvermeidlichen Bedrängnisse der vorhergehenden Verabredung anvertrauen kann, wie immer sie ausgehen wird. Der Freitag ist männlich; er hat drei Freunde, keiner davon einflußreich, einer etwas zu intelligent für ihn, ein anderer vom Pech verfolgt und deshalb zur Dankbarkeit neigend, ein dritter langweilig, weil zurecht unerwidert verliebt. Am Samstag muß er sich einer allgemeinen Gesellschaft anschließen, die ihn im allgemeinen ohne Aufhebens aber auch ohne Unmut empfängt. Es ist sein anonymer Tag und es genügt ihm, wenn er nicht tanzen muß. Er wählt deshalb Gesellschaften mittleren Alters. Selten trinkt er zu viel; er schließt keine neuen Freundschaften und geht nicht spät nach Hause. Dort erwartet ihn der Sonntag, der schreckliche Tag des Herrn, wäre er nur nicht gestorben, der Tag der Familie, der Geschlechtlichkeit. Im Hinblick auf diesen hohlen Tag hat er seinen Wochenplan ersonnen; mit dem einzigen, aufmerksam verfolgten Ziel, Selbstoffenbarung und Selbstmord hinauszuzögern, wie er das seit dem Tage seiner Geburt geduldig tut.

41 DAS Gespenst langweilt sich. Es ist schwer für ein Gespenst, während eines großen Teils der Zeit nicht ein tiefes, schleichendes Gefühl der Langeweile zu empfinden. Natürlich wohnt es in einer Burg, die in einem mehr als mittelmäßigen Zustand und trostlos ist. Es gibt dort Ratten, Käuze und Fledermäuse. Die Burg besitzt nur einen bescheidenen künstlerischen Wert – ein paar Balkone in falschem Flamboyant und ein unkenntliches Fresko mit dem üblichen Heiligen. Sie zieht deshalb niemandes Interesse auf sich – weder das der Behörden, noch das der Wissenschaftler, noch das der Touristen. Nicht einmal das der heimlichen Verliebten, zumal der Weg, der dorthin führt, lang und gewunden ist und eine einsturzgefährdete Brücke enthält. Es ist durchaus wahrscheinlich, daß die Burg einem fortgesetzten Verfall anheimgegeben ist, bis hin zur vollständigen Vernichtung. Vermutlich erscheinen in den Zeitungen dieser Provinz, in der nie etwas geschieht, ab und zu buntbebilderte Artikel über jene Burg – das Gespenst hat nie welche gesehen, es wüßte gern, ob darin von ihm die Rede ist, sei es auch nur als Gegenstand des Aberglaubens – es ist kein ehrgeiziges Gespenst. Ein Gespenst kann meditieren, lesen, spazierengehen und – wenn es dumm und gelangweilt genug ist – Geräusche machen und Vorhänge bewegen – dies natürlich nur, wenn jemand zum Erschrecken da ist. Ein Gespenst kann die Burg, die ihm zugewiesen ist, erst nach dem ersten Jahrhundert für eine Woche verlassen, dann für zwei Wochen nach dem zweiten Jahrhundert und so fort – eine ziemlich bürokratische Angelegenheit. In Anbetracht der raschen Translation, über die Gespenster verfügen, könnte es theoretisch auch ein anderes Gespenst besuchen gehen. Es weiß jedoch nicht – und niemand wird es ihm je sagen – wo diese anderen Gespenster wohnhaft sind. Im übrigen fehlen noch achtundzwanzig Jahre bis zur ersten freien Woche – und das ist wirklich etwas zu lang, um schon Pläne zu machen. Das Gespenst weiß, daß es auch in der Stadt Gespenster gibt, aber die Vorstellung, sich dort hinabzubegeben, nach einem Jahrhundert der Einsamkeit, erfüllt es mit Grauen. Theoretisch könnte auch ein anderes Gespenst zu ihm zu Besuch kommen – aber wie und durch wen könnte es je davon erfahren, daß in dieser Burg ein gastfreundliches Gespenst wohnt? Gastfreundlich? Ehrlich gesagt bezweifelt das Gespenst, daß es wirklich gastfreundlich sei. Möchte es denn überhaupt für einige Tage, einige Stunden ein anderes Gespenst treffen? Es fragt sich, worüber sie denn eigentlich reden würden; förmlich, wie Gespenster nun einmal sind, müßten sie einen großen Teil ihrer Zeit damit zubringen, sich gegenseitig vorzustellen. Wenn sie mit dem Vorstellen fertig wären, könnten sie mit dem Abschiedszeremoniell beginnen. Doch aller Wahrscheinlichkeit nach wird das Gespenst in jener Woche gar keine Besuche empfangen und auch nicht einmal welche zu machen versuchen. Es wird nur einfach eine höchst nervöse Woche geben, voller Schreckensmomente und vermeintlichem Türklopfen – in Erwartung des zweiten Jahrhunderts.

42 EIN Mann versucht, eine Frau zu vergessen. Das wäre kein außergewöhnlicher Umstand, wenn nicht die Tatsache bestünde, daß er diese Frau nicht liebt. Eine Frau versucht, einen Mann zu vergessen – auch sie einen Mann, den sie nicht liebt. Sie haben keinerlei Liebesbeziehung gehabt, nicht einmal irrtümlicherweise, und haben sich keine Liebeserklärungen gemacht; vermutlich haben sie aber vermeintliche Annahmen aufgestellt und ebensolche Pläne geschmiedet. Die Annahmen haben stets auf die Tatsache Rücksicht genommen, daß der Mann und die Frau sich nicht liebten; trotzdem waren es Annahmen, welche die Frau und den Mann betrafen. Sie haben über viele gleichgültige Dinge gesprochen und über ein paar wichtige, aber äußerst allgemeine. Nein – abstrakte wäre das vermutlich treffendere Wort. So sind sie beide in ein inkonsistentes Spiel von Abstraktionen verwikkelt, die zwar gefühlsmäßig völlig kahl sind, aber geistig von hoher Potenz. Versuchen sie also, die Abstraktionen zu vergessen? Sie wissen, daß dem nicht so ist. Ihr Leidwesen besteht darin, daß sie miteinander darüber gesprochen haben, und zwar in einem Zustand absoluter Unliebe, womit sie eine gewissermaßen unerlaubte Tat begangen haben, die sie aber nunmehr beide betrifft. Sie haben sich lachend gestanden, daß sie sich als zufällige Komplizen eines Verbrechens fühlten, das ihnen im Grunde beiden fremd war: in Wirklichkeit aber interessierte sie dieses fremde Verbrechen ungemein. In der Tat wird ihr Leben heute in lästiger Weise von abstrakten Figuren und ungreifbaren Annahmen heimgesucht, die sie weder aufzulösen noch zu festigen vermögen: jeder von ihnen hat dem anderen die eigenen Abstraktionen zugespielt, und durch eine keineswegs seltene, aber selten so sorgfältig gearbeitete Bizarrerie haben sich diese Abstraktionen zu einem System gefügt, zu einem Netz geknüpft, das sie jetzt miteinander verbindet, auch wenn sie sich auf jeder anderen Ebene gänzlich fremd fühlen. Doch gerade diese Fremdheit gehört zu einem, ja bildet eines der Zentren, oder ist vielleicht schlicht das Zentrum jener Maschinerie der Abstraktionen, in deren Getriebe sie beide geraten sind. Ihnen, die keine Leidenschaftlichen sind, war das merkwürdige Schicksal beschieden, in eine leidenschaftliche Erfahrung getrieben zu werden, die weder ihre Körper noch ihre Worte, weder die Zukunft noch die Vergangenheit betrifft. Langsam – Abstraktion gegen Abstraktion setzend – löschen sie das Bild des anderen in sich aus; sie befürch-

ten aber, daß auch dann, wenn das Bild des anderen endlich getilgt und die Figur des anderen aus ihrem Leben ausgestoßen ist, jenes Netzwerk abstrakter Leidenschaft weiterhin bleiben wird – jene Bizarrerie des Schicksals, die gesichtslos und deshalb unvergeßlich ist.

43 DAS Lilientier ist nicht im eigentlichen Sinn ein Tier; im Gegenteil: es ist sanft, und auch lind; das Lilientier rennt nicht; im Gegenteil: es kann genau besehen Jahre in absoluter und minutiöser Reglosigkeit verharren; das Lilientier ernährt sich nicht vom Fleisch lebender Wesen; trotzdem verhält es sich so, als hätte es schon welches gefressen; es hat, so heißt es, eine Art Geschmacksgedächtnis, in welchem sich auch Spuren von getötetem und verschlungenem Tierfleisch finden – während es doch infolge seiner Lindheit weder Mund noch Zähne besitzt und darum absolut kein Fleisch von getöteten Lebewesen fressen könnte. Trotz dieser seiner Wesenszüge wird das Lilientier als wildes, schnelles und fleischfressendes Tier studiert und klassifiziert. Wie die Experten versichern, gibt es keine andere angemessene Art, es zu beschreiben, auch wenn sie zugeben, daß das Lilientier keine der typischen Verhaltensweisen wilder, schneller und fleischfressender Tiere aufweist. In Wahrheit aber wissen alle – sowohl die Wissenschaftler, die das Lilientier auf schweigsamen Diapositiven oder vom Hörensagen zaghaft lüsterner Kaffeehausgeschichten studieren, als auch die Einheimischen – daß das Lilientier getötet werden muß, und daß man es gerade darum töten muß, weil es lind, statisch und abstinent ist. Alle diese Eigenschaften, die theoretisch ein harmloses und geselliges Haustier aus ihm machen könnten, verleihen ihm eine furchterregende weil schleichende Macht, obwohl es schwerfällt zu sagen, in welcher Weise dieses Tier sich einschleicht. Kurz: es ist wild nicht obwohl, sondern weil es lind ist, und wer immer seine Lindheit züchtet, wird daran sterben. Es scheint also sicher, daß das Lilientier auf paradoxale Art wild ist, was zur Folge hat, daß man es töten muß. Doch gerade das ist schwer. Es scheint kein Herz zu haben, das man durchbohren, keinen Kopf, den man abhauen, kein Blut, das man vergießen könnte. Alle jene, die versucht haben, es mit Pfeilen – auch den bedrohlicheren harzbrandgetränkten – zu töten (es zu treffen ist nicht schwer, da es, wie gesagt, reglos verharrt) haben es durchbohrt, ohne ihm Schaden zuzufügen; sich ihm zu nähern, um seinen Körper – aber kann man da überhaupt von »Körper« reden? – mit Scherenstichen zu versehen ist ungemein gefährlich, da das Lilientier aus der Nähe seine schreckliche Lindheit ausüben kann. In Wirklichkeit kennt man absolut keine Art, wie man das Lilientier auf sichere Weise töten könnte; aber die Einheimischen schlagen folgende Weise vor: mit Pfeilen schießen, indem man in die entgegengesetzte Richtung zielt; hundert Jünglinge anwerben, die dem Lilientier reihum reglos zulächeln; schließlich – und das ist nachweislich die beste Methode – es im Traum töten, und zwar auf folgende Weise: man nehme den Traum, in dem sich das Lilientier befindet, rolle ihn zusammen und zerreiße ihn dann – ohne Gebärde des Zorns; aber das Lilientier läßt sich nur selten träumen.

44 DER nachdenkliche und unnötig melancholische Herr lebt nun schon seit vielen Jahren im Keller, da das Haus, das einst darüber stand, zerstört oder jedenfalls unbewohnbar ist. Als der Religionskrieg ausbrach, hoffte er, der ein Fremder in diesem Land und andersgläubig war, es möge sich um einen der gewohnten Tumulte handeln, zu denen die Bewohner dieser Gegend neigten, zumal sie sich alle danach sehnten, auf lärmende und auffällige Art zu sterben und ebenso auf ruchlose Arten zu töten. Er liebte dieses Land nicht, wo er als Botschaftssekretär eines anderen Landes lebte, in dem keine Religionskriege geführt wurden, sondern nur wissenschaftlich begründete atheistische Kriege. Zu dem Zeitpunkt, da die Religionskriege ausbrachen, war es dem Sekretär nicht möglich gewesen, in sein Heimatland zurückzukehren, wo gerade ein wütender Wissenschaftskrieg im Gange war, bei dem es – wenigstens ursprünglich – um Sechsecke und Säuren ging, der aber nach und nach alle anderen Materien einbezog, mit der einzigen Ausnahme der Altertumswissenschaft. Nun gehört der Sekretär – den Ihr hier schlicht gekleidet seht – im allgemeinen zu einer anderen Religion, es kann aber auch sein, daß er gar keiner angehörte. In seinem Lande würdigt man vor allem eine ideelle, wissenschaftlich begründete Wahl. Im Grunde liebt er die Wissenschaft nicht sonderlich, und wenn er eine Materie wählen müßte, um darin Kompetenz zu erringen, so würde er die Altertumswissenschaft wählen. Da sie jedoch die einzige nicht umstrittene Materie ist, wäre eine solche Wahl als verdächtig betrachtet und als feige verlacht worden. Jedenfalls hätte man ihn umgebracht. Der Ausbruch des Religionskrieges gestattete es ihm, die Erkundungsschreiben, die aus seinem Land eintrafen, unbeantwortet zu lassen; gleichzeitig schloß er sich aber definitiv im Land der Religionskriege ein. Seit Jahren wagte er nicht mehr, sich weiter als einige Dutzend Meter von seinem Kellergeschoß zu entfernen. Er war vermutlich der einzig übriggebliebene Ausländer in einem Land, wo die Massaker etwas Alltägliches waren und allmählich anfingen, pedantisch zu werden – einem Land, in dem es keine Städte mehr gab, sondern nur noch malerische Schutthalden, die auf den Tod des letzten Kriegers warteten, um sich mit Efeu zu bedecken und GESCHICHTE zu machen. Auch wenn er es nie offen zugeben wollte, so ist er doch gerade darum so gern in jenem Land, weil dort ein Krieg geführt wird, der ihm fremd ist; folglich *macht* er nicht GESCHICHTE, sondern vernimmt sie wie ein fernes Donnerrollen; und wie alle Liebhaber der Altertumswissenschaft und der toten Sprachen wartet er darauf – ein alter Traum von ihm – dereinst in einem Land zu leben, das gänzlich und einzig aus Ruinen besteht, die ein geschichtsloses Gras bedeckt.

45 WENN er früh morgens aufwacht, ist er gezwungen, sich eine Frage zu stellen, die ihm nicht gefällt, der er sich aber nicht entziehen kann: es ist in der Tat möglich, daß er an diesem Tag jemanden töten muß, oder getötet werden muß, oder sich selbst töten muß. In Wirklichkeit erwacht er seit Jahren mit dieser Frage, ohne daß je etwas geschehen wäre: er hat nicht getötet, er ist nicht getötet worden, er hat sich nicht selbst getötet. Er könnte also schließen, daß sein Problem, wie man zu sagen pflegt, falsch gestellt ist, insofern es der Realität seiner Tage nicht entspricht. Dem ist aber nicht so: es genügt bereits, daß er in das Problem des Tötens verwickelt ist. Nun könnte man fragen: von welchem

Gesichtspunkt her genügt es? Er hat sich diese Frage selbst gestellt und nur diese eine Antwort gefunden: daß er aus ihm unbekannten Gründen mit mörderischer und selbstmörderischer Gewalttätigkeit besudelt werden muß, und daß er die Vernichtung aus nächster – aus allernächster Nähe erfahren muß. Um die Vernichtung zu erfahren, ist er aber nicht gehalten, ein menschliches Wesen zu erschlagen oder sich von einem erschlagen zu lassen oder sich eigenhändig selbst zu erschlagen; er muß jedoch diesen Möglichkeiten gegenüber stets widerstandslos bereit sein. Nun lebt er aber an einem einsamen Ort, wo in Wirklichkeit nur der Selbstmord möglich ist; weshalb er sich, wenn er jemanden zu töten hätte, in die nächste, drei Tagesreisen weit entfernte Stadt begeben müßte – und in der Zwischenzeit könnte sich der Auftrag ändern. Im Grunde ist er jedoch überzeugt davon, daß der Auftrag ebensogut gar nicht kommen könnte, zumal nicht die Tatsächlichkeit der Vernichtung zählt, sondern nur ihre moralische Qualität. Viele Jahre hindurch hat er seine Lage als besonders unglücklich betrachtet und hat in einem Zustand entnervender und deprimierender Erwartung gelebt; er hat sich in der Handhabung vieler Waffen geübt und hat die Mitleidlosigkeit gezüchtet. Die Mitleidlosigkeit hat allerdings nicht zu einer Gewöhnung an den Haß geführt, sondern hat im Gegenteil eine Art von Weichheit erzeugt, eine milde Gleichgültigkeit, die alle Lebewesen – Mörder, Ermordete und Selbstmörder – einschließt. Er begann damals zu argwöhnen, daß er in eine Unternehmung verwickelt sei, von der er nur unscharfe Umrisse sah, die jedoch keine Spur von Grausamkeit aufwies. An der Grenze der Vernichtung lebend, wähnte er sich auf eines der Enden der Welt gesetzt und also zu den Wenigen gehörend, welche die ganze Welt im Rücken haben, ausgedehnt und ahnungslos, fern aber ewig, wie ein unendliches, regloses Morgenrot.

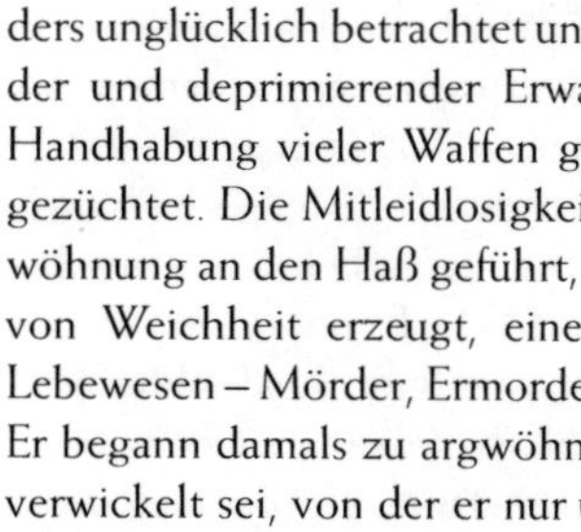

46 DAS Gespenst lehnt zerstreut am großen, verlotterten Fenster der Burg; es ist Nacht, und sein Blick wandert über die steilen Hänge und die engen, von den Ruinen seiner Burg überragten Täler. Während seiner langen Einsamkeit hat das Gespenst sich an sich selbst gewöhnt und versucht nicht mehr, die Ruine, die es bewohnt, zu verlassen oder mit anderen Gespenstern zu sprechen. Lange Zeit hat der Kummer, nie einen Artgenossen zu treffen, es gequält. Es hätte gerne ein bestimmtes Gespenst treffen mögen, jemanden, den es gekannt hat, es erinnert sich nur noch verschwommen, lange bevor es Gespenst war – aber hatte es da wirklich eine Zeit gegeben, in der es nicht Gespenst war? Plötzlich gewahrt es in der Tiefe des Tals etwas Mattes, ihm ähnliches, das langsam und vorsichtig, wahrscheinlich in Gedanken versunken, näherkommt; und gleich darauf ein zweites mattes Licht, das auf einem fernen, unwegsamen Pfad herannaht.

Das Gespenst fragt sich, ob wirklich – nach Jahrhunderten – zwei Gespenster gerade zu ihm kommen; es fragt sich auch, warum sie gerade zu ihm kommen – was sie dazu bewegt hat und wer es ihnen geraten hat; schließlich, ob sie zusammen gekommen sind oder getrennt, einander Freund oder Feind. Zum ersten Mal nach vielen Jahren erlebt das Gespenst wieder das Gefühl von banger Erwartung und Leid. Wer mag das sein, der so beharrlich mit ihm sprechen möchte? Und wie – vermittels Liebe oder Haß – haben sie es entdeckt – eingeschlossen in seine Burg? Und schließlich: warum sind sie beide in derselben Nacht gekommen, es zu besuchen? Ist vielleicht eins von ihnen das FREUND- und das andere das FEINDGESPENST? Und welches wollte es eigentlich sehen? Wollte es den Irrtum aufklären, der das Feindgespenst erzeugt hatte, oder wollte es das unendlich unbeendbare Gespräch mit dem FREUND fortsetzen? Langsam kommen die beiden Gespenster näher. Aber hatte es da nicht, so fragt sich das wartende Gespenst, noch ein drittes Wesen gegeben, nicht Freund und nicht Feind, eine Art von Mittler? Es erinnert sich jetzt an gar nichts mehr. Wer war dieser Dritte? Starb er nicht zerrissen zwischen den beiden, die jetzt Gespenster sind, und wurde wohl gar nicht Gespenst? Oder ist womöglich der Dritte kein anderer als es selbst? Könnte also in dieser Nacht – falls es das, woran es sich erinnert, nicht mißverstanden hat und falls es seine Hoffnung nicht täuscht – jenes Gespräch zu dritt wieder aufgenommen werden, das sie zermürbte bis sie daran starben? Das Gespenst fragt sich, ob es wahr ist, was man ihm in seiner Kindheit erzählt hat: daß eine Begegnung wie diese, von ihm ersehnte, die Gespenster sanft verzehrt, sie auslöscht.

47 DIE Dinosaurier begannen auszusterben; die großen Reptilien waren sich dessen bewußt und diskutierten, zunehmend langsamer, über die großen Ereignisse einer Geschichte, die einmal groß, ruhmreich und unvergleichlich war. Die Alten verschlossen sich in träge Konversation oder einsame Meditation – im Bewußtsein, daß kein Tun mehr einen Sinn hätte, daß ihnen keine künftige Größe mehr beschieden wäre, daß sie sündigen könnten oder nicht – alles war einerlei. Jemand versuchte, in sachlichem Stil eine Geschichte der Dinosaurier zu schreiben, gesehen vom Standpunkt der Dinosaurier der letzten Generation; er mußte aber einsehen, daß seine Sprache, so einfach und unverschnörkelt sie auch war, für jedwede andere Rasse, die ihren Platz im Weltregiment einnähme, stets unverständlich bleiben würde. Die Großmütter und Mütter wollten vom ENDE der Dinosaurier nichts hören; sie hüteten die letzten Dinosaurier, spielten mit ihnen, lehrten sie in einfachen Worten für ihre Toten zu beten, den Beistand der Himmlischen zu erflehen und ein unschuldiges und arbeitsames Leben zu führen. Aber die Väter und die jungen Männer zermarterten sich das Gehirn: warum mußten die Dinosaurier, die unumstrittenen Herren der Welt, denen ihre Fülle und eine gewisse gelassene Gewalt Unverwundbarkeit gegenüber jedem anderen Tier sicherten – warum nur mußten gerade sie aussterben? Der ARCHIMANDRIT mit faltiger Haut und vorstehenden Augen hatte die Verweichlichung der Sitten angeprangert und auf den Zorn der Himmlischen hingewiesen; der FREIDENKER – behende und glatt – hatte von mangelndem Freiheitsgeist und unsachgemäßer Ernährung gesprochen; als Heilmittel waren die freie Liebe, die Abschaffung der Scheidung, die Todesstrafe und die Öffnung der Gefängnisse vorgeschlagen worden; es war offenkundig, daß niemand etwas begriff, ausgenommen die Tatsache, daß jeder Neujahrstag auf Erden eine spärlichere Zahl von Dinosauriern zählte. Sie diskutierten nicht mehr über Grenzen, Rechte, Pflichten, Moral, und auch nicht über die Gesellschaft;

voll Resignation, Zorn und Traurigkeit sprachen sie über die Himmlischen. Sie erinnerten sich, daß es niemandem je gelungen war, das Problem zu lösen: wieviel Himmlische gab es? Und auch nicht das Problem wirklich mit den Himmlischen zu sprechen. Das Höchste, was ihnen zuteil wurde, waren gewisse Arten des Kartenlegens, an denen sich eine Wahrsagerin noch immer in den Sümpfen versuchte. Die Himmlischen hatten sie verlassen. Im Abgrund des Himmels fragten sich währenddessen die Himmlischen, warum gerade sie, die Himmlischen, die keine Krankheit kannten, jetzt auszusterben begannen. Der geläufigsten Meinung nach waren die Dinosaurier schuld, die sie aufgegeben hatten, die ihnen keine Opfer mehr brachten und die aufgehört hatten, sie zu zählen.

48 SEIT dem Augenblick, da er gemerkt hat, daß es unmöglich ist, nicht im Zentrum der Welt zu sein, und daß dies gleichermaßen für ihn wie für jedes andere menschliche Wesen gilt, oder für jedes Tier, oder auch jeden Stein, jede Alge, jede Bakterie, mußte er akzeptieren, daß zur Umschreibung des in dieser Lage einzunehmenden Verhaltens nur zwei Lösungen gegeben sind. Entweder ist das Zentrum der Welt aktiv – und dann ist auch die Welt, die mit unendlich vielen Zentren ausgestattet und bereichert ist, unendlich aktiv – oder es wird von der Gesamtheit der Welt angegriffen, oder besser gesagt: es gerät zur Zielscheibe der Welt. Gegenwärtig erprobt er die zweite Grundbedingung; er weiß, daß er psychologisch kugelförmig ist, und daß er sich im Zentrum einer großen Zahl von Strahlen befindet, die seltsamerweise alle auf ihm zusammentreffen und ihn mit ihren Lichtspitzen durchbohren. In den leeren Ausbuchtungen des Raums sieht er einen Bogen aus undenkbar hartem Material sich handlos spannen und einen Pfeil losschnellen, der ihn anläßlich seines sechzigsten Geburtstags treffen wird. Er versucht wegzurücken, zu fluktuieren, aber er weiß, daß jede Bewegung seines kugelförmigen Körpers ihn zur Zielscheibe für andere Konstellationen macht – hinter Sternen versteckte Sterne, Wolken und Tiere. Doch mehr als jeder Stern oder Nebel erschreckt es ihn, daß das Nichts und die Stille unablässig nach ihm zielen. Er weiß nicht, wo das Nichts ist und argwöhnt, daß es sich in ihm versteckt habe; in diesem Fall wäre er die Beute einer inneren Durchbohrung, einer so tiefen Durchbohrung, daß seine Kugel ihr nicht standhalten könnte, obwohl er nicht weiß, was dieser Schuß bedeutet; was die Stille angeht, so ist sie – das hat er sehr wohl verstanden – gegeben durch die Unterdrückung aller Stimmen, der Gesamtheit der Stimmen die sich in endgültiger Weise an ihn wenden könnten, um ihn – und das ist grauenvoll – ohne jegliche Waffe zu durchbohren. Überall da, wo Stille herrscht, ist eine Stimme versteckt; und diese Stimme denkt an ihn, prüft ihn, erforscht ihn. Wenn das Nichts und die Stille sich verbünden, Informationen austauschen, die er nicht begreift – was wird dann aus ihm? Oh, er fürchtet den Speer nicht, den der Zentaur am Tage seiner Geburt nach ihm geworfen hat und der ihn jetzt erreicht; er wehrt sich nicht gegen die müde Lanze, welche die Welt durchmißt, mit der Absicht ihn zu verwunden; aber eines beunruhigt ihn: daß er nicht mehr unterscheiden kann zwischen sich selbst als Schmerz, Auflösung, Tod und sich selbst als Zentrum der Welt.

49 EIN Herr liebte eine junge Frau drei Tage lang wahnsinnig und wurde während einer etwa entsprechenden Zeitspanne wiedergeliebt. Er begegnete ihr zufällig am vierten Tag, als er seit zwei Stunden aufgehört hatte, sie zu lieben. Anfänglich war es eine etwas peinliche Begegnung; das Gespräch belebte sich jedoch, als sich herausstellte, daß auch die Frau aufgehört hatte, den Herrn zu lieben, genau vor einer Stunde und vierzig Minuten. Die Entdeckung, daß ihre wahnsinnige Liebe in jedem Fall eine Sache der Vergangenheit war, und sie voraussichtlich aufhören würden, sich mit törichten, schmerzlichen und unvermeidlichen Fragen zu quälen, versetzte den Mann und die Frau zunächst in eine gewisse Euphorie, und es schien ihnen, daß sie sich jetzt mit den Augen der Freundschaft sähen. Aber die Euphorie war von kurzer Dauer. Denn die Frau erinnerte sich an jene zwanzig Minuten Unterschied: sie hatte den Herrn noch zwanzig Minuten weitergeliebt, als er bereits – so gestand er – aufgehört hatte, sie zu lieben. Für die Frau war das ein Grund für Bitterkeit, Frustration und Groll. Er bemühte sich, ihr zu zeigen, daß die zwanzig Minuten als Offen-

barung ihrer affektiven Standhaftigkeit zu werten wären, die sie als moralisch höher stehend auswies. Sie gab zurück, daß ihre Standhaftigkeit außer Frage stünde, in diesem Fall aber von jemandem mißbraucht worden sei, der sie mit Schande bedeckt habe, und zwar kalt und berechnend. Aufgrund jener zwanzig Minuten, in denen sie, die liebte, nicht wiedergeliebt wurde, tat sich ein Abgrund zwischen ihnen auf, den nichts wieder schließen konnte. Sie hatte einen Luftikus und einen Lüstling geliebt – eine Schmach, für die er in diesem und im jenseitigen Leben würde büßen müssen. Er versuchte ihr zu bedeuten, daß das Problem, zumal sie sich nicht mehr liebten, als überwunden betrachtet werden könnte – jedenfalls aber als eines, das keinen Anlaß mehr für bittere Überlegungen bot. Er sagte dies jedoch mit einer gewissen Lebhaftigkeit, die gleichzeitig Angst und Unwillen verriet. Die Frau antwortete, daß das Ende ihrer Liebe wahrlich keinen Trost darstelle, sondern nur den Beweis dafür, daß da etwas Frevelhaftes leichtfertig begangen wurde, und daß sie jetzt die Narben davontrüge. Er lachte kurz auf, ohne Herzlichkeit. In diesem Augenblick entstand zwischen den beiden ein großer Haß – ein pedantischer und überwältigender Haß. In gewisser Weise fühlten beide, daß jene zwanzig Minuten Unterschied tatsächlich etwas Schreckliches waren, und daß etwas geschehen war, was das Leben – wenigstens für einen von ihnen – unmöglich machte. Sie beginnen nun zu denken, daß sie für einen dramatischen Tod bestimmt sind, einen gemeinsamen wie sie ihn sich während ihrer wahnsinnigen Liebe fieberhaft erträumten.

50 ER verließ die Wohnung der Frau, die er hätte lieben können und die ihn hätte wiederlieben können, mit einem Gefühl der Erleichterung, das nicht ohne Bitterkeit war. Es stand nunmehr fest, daß keinerlei Liebe je zwischen ihnen entstehen würde, nicht einmal das laue und armselige Band der Begierde – denn sie war eine robuste und keusche Frau – und auch nicht die sehnsüchtige Zärtlichkeit leicht verspäteter Liebender, die nicht dazu taugte, ihre gefühlshungrigen Gehirne auf die Dauer zu sättigen. Alles in allem, so sinnierte er, war die Unmöglichkeit einer Liebe etwas weitaus Besseres als das Ende einer Liebe. Die Unmöglichkeit hat in der Tat etwas vom Märchen – da sie alle Trugbilder einer verliebten und gänzlich enttäuschten Erwartung in kleinere Literatur verwandelt – und etwas Kindliches und vor allem etwas von Inexistenz. Er und in geringerem Maße vielleicht auch sie hatten an ein Universum geglaubt, das anders war als es wirklich war, denn eines stand fest: das Universum, in dem sie lebten, hatte ihre Liebe nicht vorgesehen, so daß alle ihre Gedanken, die nicht zu heroischer Größe anwachsen konnten, sich umgekehrt als läppisch und leichtfertig, ja als lustig erwiesen. Man könnte nun hinzufügen, daß eine Liebe, die nicht anfängt, auch nicht zuendegeht, obwohl in ihrem Nicht-Aufkeimen bereits etwas von der müßigen Bitterkeit eines möglichen Schlusses erkennbar ist. Hätte er aber mit jener Frau eine andere Geschichte erleben mögen? Die Frage war – theologisch gesehen – unmöglich und erheischte infolgedessen keine Antwort, oder einzig eine Antwort von unerhörtem Ausmaß, wie etwa: Ich wünsche, in einem gänzlich anderen Universum zu leben und würde als Zeichen seiner Andersartigkeit die Tatsache betrachten, daß ich eine gewisse Frau lieben könnte und von ihr wiedergeliebt würde. Das Problem, das ihre vergänglichen Körper und ihre schwärmerischen Seelchen trennte, war also allem Anschein nach kein sentimentales oder moralisches, sondern ein theologisches, oder – um zeitgemäßer zu sein – ein kosmisches Problem. Unter diesem Blickwinkel aber zerrinnt das Problem, denn sowohl in jenem anderen Universum, das Gott hätte erschaffen können, als auch im Paralleluniversum, das existieren könnte, hätte diese Frau vielleicht niemals existiert; hätte sie aber im Paralleluniversum existiert, dessen Voraussetzung sie war, dann wäre sie womöglich so beschaffen gewesen, daß er sie niemals für sich gewollt hätte und sie mithilfe feinsinniger und spitzfindiger Argumente hätte abweisen müssen.

51 DIE Person, die dort oben im dritten Stock wohnt, existiert nicht. Ich will damit nicht sagen, daß die Wohnung unvermietet oder unbewohnt ist, ich will vielmehr sagen, daß die Person, die sie bewohnt, inexistent ist. In gewisser Hinsicht ist die Situation ganz einfach: eine Person, die nicht existiert, hat keine gesellschaftlichen Probleme – die kleinliche Mühsal des Gesprächs mit den Mitbewohnern etwa bleibt ihr erspart. Grüßt sie keinen, so kränkt sie auch keinen, und mit niemandem hat sie Zwistigkeiten irgendwelcher Art. Vorher zum Beispiel lebte in der Wohnung, in der jetzt die inexistente Person wohnt, ein Mann mit unbestimmtem Beruf – jedoch unliebsam bekannt wegen seiner Neigung, ausnahmslos alle Frauen zu belästigen, indem er sich ihnen unter jedem erdenklichen Vorwand näherte. Das Peinliche aber lag gerade in dem Umstand, daß es sich bei ihm nicht um einen Sittenstrolch handelte, den man durch eine angemessene Lektion in die Schranken hätte weisen können, sondern um einen Mann, der sich mit unnatürlicher Häufigkeit verliebte, wobei er jedesmal ernste Absichten hegte und heiraten wollte – anscheinend unterschiedslos alle, auch solche, die bereits verheiratet waren, sowie ältere Mütter und schwatzhafte weißhaarige Großmütter. Jedenfalls haftete dem Herrn etwas Peinliches an – so sehr, daß er eines Tages aus seiner Wohnung verschwand und nie wieder von sich hören ließ. Als einige Zeit darauf die inexistente Person in die Wohnung einzog, kam jemand auf den Gedanken, es könnte zwischen dem verliebten Herrn und dem Inexistenten eine Beziehung bestehen; jemand behauptete sogar, der Inexistente sei niemand anderes als der Verliebte selbst – als Toter; man machte ihn aber darauf aufmerksam, daß ein Postmortaler oder ein Gespenst nichts mit einem Inexistenten gemeinsam habe. Natürlich gab es in der ersten Zeit viel Neugier, Klatsch und Rätselraten, aber bald führte die außerordentliche Diskretion des Inexistenten dazu, daß man ihn praktisch ignorierte. Er war nicht darauf aus zu heiraten, äußerte keine aufrührerischen politischen Ideen und beschmutzte das Treppenhaus nicht. In gewissem Sinne war er der ideale Mieter. Doch genau an diesem Punkt beginnt das Unbehagen – ein vager Verdruß, der den Frieden des Hauses und seiner ruhigen und anständigen Bewohner bedroht. Diese fühlen sich alle ein wenig schuldig, zumal sie notgedrungen Lärm erzeugen, über nichtige und wahrscheinlich indiskrete Dinge plaudern, wenn sie sich treffen, Teppiche klopfen und die Treppe beschmutzen. In dem untadeligen Benehmen des Inexistenten gewahren sie einen ständigen Vorwurf. »Was bildet er sich eigentlich ein – nur weil es ihn nicht gibt!« raunen sie sich zu, es ist ganz deutlich: sie beginnen allmählich neidisch zu werden auf die lässige und ausweichende Vollkommenheit des Nichts – bald werden sie sie hassen.

52 DER Drache ist selbstverständlich vom Ritter getötet worden. Nur ein Ritter kann einen Drachen töten – kein Berufssoldat zum Beispiel, keine Sportskanone. Es gibt Ritter, die sich rühmen, mehrere Drachen getötet zu haben: sie lügen. Es ist im Weltplan nicht vorgesehen, daß einem Ritter die Tötung von mehr als einem Drachen gewährt wird; vielen bleibt auch das versagt; manch einer wird gar selbst vom Drachen erlegt, bevor dieser unter den Hieben eines anderen, ihm vorherbestimmten Ritters fällt. Der Drache liegt durchbohrt, ausgeblutet und jedenfalls blutleer inmitten von Nattern, Fröschen und Muscheln; diese Tiere zeugen keineswegs von der Verwandtschaft des Drachens, sondern im Gegenteil von seiner absoluten Fremdheit. Man darf in der Tat den Punkt nicht außer acht lassen, daß der Drache ganz andersartig ist im Vergleich zum Ort seines Todes, zu den Tieren, zum Himmel und vor allem zu den Rittern. Man weiß nicht viel von den Drachen, aber im allgemeinen wissen die Ritter auch das wenige nicht, was bekannt ist. Daß es Gebiete gibt, wo die Drachen hausen – entlegene und wahrscheinlich technisch unerreichbare Gebiete – glauben viele, und es ist glaubhaft. Aus diesen Gebieten entfernen sie sich; sie reisen stets allein: noch nie hat jemand von einem Drachenpaar, einer Drachenfamilie oder von zwei Drachenfreunden gehört. Der Drache geht auf den Ort seiner eigenen Tötung zu. So viel man weiß, ist dies die einzige den Drachen zugestandene Art zu sterben. Der Drache geht auf die Stadtmauern zu; er dringt jedoch nie in die Stadt ein; er interessiert sich nicht für die Bauern, sondern sucht Ritter, da er nur durch diese den Tod empfängt. Zuweilen zieht sich der Drache in eine Höhle zurück; er macht sie zu seinem Unterschlupf und häuft Steine auf die Schwelle. Aus dem Maul speit der Drache Feuer – es nimmt den Platz der Sprache ein. Er hat wahrscheinlich viel zu sagen, aber die lange Einsamkeit hat ihn des Sprechens entwöhnt, und seine innerste Mühsal drückt sich in flammenden Zungen aus. Erstaunlich bei der ganzen Geschichte vom Drachen und dem Ritter ist die absolute Verständnislosigkeit des Ritters gegenüber dem Drachen. Er vermag weder seine Entfernungen, seine Einsamkeit und seine ungeheure und unförmige Größe zu ermessen, noch kann er seine Flammenzeichen entziffern. Er weiß nichts von den Mühen, denen der Drache sich unterzogen hat, um pünktlich zu einem schrecklichen Treffen zu kommen. Der Ritter weiß auch nicht, daß er selbst zu einem Treffen gekommen ist. Wenn er jetzt, ruhig auf seinem Pferd sitzend, die Lanze auf den Boden stützte und sie ganz locker hielte, ohne Zorn und ohne Furcht, dann würde der Drache, der seine Todessehnsucht enttäuscht sähe, vielleicht ein Gespräch beginnen.

53 ES handelt sich nicht um einen eigentlich menschlichen Ort – in dem Sinne, daß seine Bewohner keine menschlichen Wesen sind und von den Menschenwesen nur unbestimmte, durch alte Fabulisten überlieferte oder von Kaufleuten, Geographen und Photographienfälschern erfundene Kenntnisse besitzen. Viele, die einen relativ hohen Bildungsgrad erreicht haben, glauben nicht mehr an die Existenz menschlicher Wesen. Sie sagen, daß es sich um einen alten und ziemlich törichten Aberglauben handele und daß die Überzeugung, sie seien existent, in Wirklichkeit hauptsächlich in den unteren Schichten verbreitet sei. Auch die Kinder glauben an die Existenz menschlicher Wesen, was zu einer reichen Märchendichtung geführt hat, deren Hauptfiguren die Menschen sind. In diesen Märchen tun die Menschen lustige und doch auf ihre Weise unheimliche Dinge; sie spinnen unsinnige und sinnvolle Ränke. Aber die eigenartigste und regste Industrie, die sich rings um die Tradition der Menschenwesen herum entfaltet hat, ist die der Masken und Marionetten. Da sie wertvolle Objekte darstellen, werden sie nicht nur zum Vergnügen der Kinder hergestellt und verkauft, sondern gleichzeitig als Schmuckgegenstände in Wohnungen und Häusern verwendet, auch von solchen, die studiert haben, und deshalb nicht an die Existenz von Menschen glauben. Natürlich können diese Masken und Marionetten nicht die Gesichtszüge menschlicher Wesen tragen, die ja niemand je gesehen hat und die es womöglich gar nicht gibt. Man stützt sich deshalb auf die Traditionen, auf alte und absurde illustrierte Bücher und schließlich auf die eigene Phantasie. So haben die Gesichter der menschlichen Wesen stets Löcher zum Sehen, im allgemeinen zwei, aber an irgendeiner Stelle, eins ganz oben und eins an den Füßen oder auch in der Mitte, sozusagen im Bauch. Die Menschen haben ein rundes oder quadratisches Oberteil, an dem bisweilen noch ein weiteres Teil hängt, und unten haben sie Glieder, die zum Greifen und gehen dienen. Von irgendeinem Teil her stoßen sie Laute aus – und hier lassen die Künstler ihrer Phantasie meist freien Lauf; so zeichnen sie etwa Trompeten, die ganz oben in Büscheln emporwachsen, oder kleine Löcher wie bei Flöten und Okarinen. Zum Hören haben sie eine Art von Knorpeltrichter, der irgendwo eingesetzt wird. Besonders beliebt sind Marionetten, die »kranke« Menschenwesen darstellen – obwohl es schwierig ist, sich eingebildete Krankheiten auszudenken. Manche werden über und über mit Pusteln oder Wunden versehen und sondern Lebenssäfte ab. Sie haben Öffnungen, aus denen sie nicht sehen; Flöten, die abgebrochen sind und nicht klingen; Glieder, die nicht tasten, nicht greifen und nicht gehen. Trotzdem halten manche die Menschenwesen für unsterblich; sie bringen jenen Masken Ehrerbietung entgegen; und jene, welche sie für unvollkommen oder unehrerbietig erachten, werden von ihnen barmherzig verbrannt.

54 EIN Gespenst, das seiner Einsamkeit entrinnen möchte, kann das nur tun, indem es aus sich heraus ein anderes Gespenst zeugt. Obwohl man weiß, daß die Sache möglich ist, besitzt man keinerlei genaue Kenntnis von einer solchen Zeugung. Das Gespenst hegt nicht nur den Wunsch, ein anderes Gespenst zu zeugen, sondern es spürt auch, daß es nicht anders kann: so als wüchse in seinem irrealen Körper noch ein anderer irrealer Körper; trotzdem weiß es nicht, wie es ihm helfen könnte zu wachsen und aus seinem Körper hinauszugelangen. Es weiß, daß Gespenster zu gebären ein Privileg ist, das nur wenigen Gespenstern zuteil wird, und daß der Weg, um so weit zu kommen, lang und beschwerlich ist. In der Tat gibt es in der Geschichte eines Gespensts nichts Selbstverständliches. Zunächst einmal muß es unter den Lebenden geboren werden, was nicht nur unmöglich, sondern auch unvernünftig ist, zumal ein Lebender stets eine winzige Unterbrechung des Nichts darstellt, das ewig, unsterblich, allgegenwärtig ist. Nun muß ein Lebender aber innerhalb der Zeit leben, die nicht existiert, da sie eine Form des Nichts ist; er, der Lebende, muß also Zeit erzeugen und sozusagen in sie hineinspringen bis er – unfaßliches Geschehen – nach vielen Abenteuern stirbt. Wer nun meint, daß jeder, der stirbt, zum Gespenst wird, der irrt sich. Wer tot ist, braucht zwar keine Zeit mehr zu erzeugen, er muß jedoch in einem Raum ausharren, der sowohl eng als auch unendlich ist. Wer ein Gespenst werden will, muß sich bemühen, in einen weiteren Raum vorzudringen, der dem, den er als Lebender bewohnte, zwar ähnlich ist, aber frei von Zeit. Wenige von denen, die es versuchen, gelangen bis dorthin; wer aber hingelangt, gerät in eine äußerst beschwerliche Lage; in der Tat erwirbt er den Gebrauch der Dinge und manchmal sogar der Menschen zurück, mit denen er im Leben zu tun hatte – freilich einen rein geistigen, abstrakten Gebrauch, so als wären die lebendigen Dinge jetzt tot und er selbst lebendig, aber einsam und unerreichbar. Ein Gespenst möchte also zuweilen aus sich selbst heraus ein anderes Gespenst zeugen, sozusagen durch Schwangerschaft – wäre da nicht die Tatsache, daß ein Gespenst kein Geschlecht hat. Es muß in seiner Behausung den Ort wählen, der in ihm die unerträglichsten Leiden erzeugt; es muß den Ort erkennen, wo die Einsamkeit untragbar ist; wo die Vergangenheit es mit unerschöpflichem Groll anstarrt; den Ort wo die Inexistenz des anderen so stark ist, daß sie zu einer Form der Existenz gerät. Es muß ins Nichts eindringen – es, die zarte, zerbrechliche, flüchtige Form – und sich von ihm berühren und befragen, versuchen und herausfordern lassen und muß – auch wenn dieser Satz für ein Gespenst unsinnig ist – noch einmal eine Agonie erleiden. Und schließlich, ganz selten, geschieht es dann zuweilen, daß aus Gliedern Glieder wachsen, aus dem Licht ein Lichtschein sich löst und davonhuscht; und das Gespenst, ganz erschöpft, muß ihm folgen und ihn – da sie sich nicht berühren können – durch ein Gleichmaß von Liebe und Gleichgültigkeit zurückhalten: dann wird man vielleicht, wenn man nicht hinhört, an dieser Stätte der Trübsal eine leise Unterhaltung vernehmen.

55 DER korrekt in Grau gekleidete, bebrillte, ein wenig akademische Herr, der gerade die Straße überquert – oder genauer gesagt: der gerade einen vor einer Verkehrsampel haltenden Autobus durchquert – ist eine Halluzination. Da Halluzinationen rarer geworden sind und an Gewalt verloren haben, dient er zugleich drei Personen als Halluzination: die erste ist ein Witwer, der zur Introspektion neigt und öfters meist plumpe und unbestimmte Konversionsversuche zu irgendeiner Religion hin unternimmt; mit diesem spricht sie in erhabenen Worten von der WELT, vom GUTEN, vom BÖSEN und – allgemeiner – von GOTT; die zweite Person, der sie ihre Dienste anbietet, ist eine ansprechende und melancholische Frau, die sich auf unbestimmte Weise nach LIEBE und WAHRHEIT sehnt; und hier besteht ihre Aufgabe darin, sie davon zu überzeugen, daß sie nicht nur beider Dinge würdig, sondern auch auf irgendeine Weise Gläubigerin des Kosmos ist; mit ihr redet sie überhaupt nicht von GOTT, zumal es sich um eine äußerst irdische, obgleich jeglicher Art von Leichtfertigkeit oder Fleischlichkeit abholde Person handelt; sie zitiert häufig Dichterworte, die sie in ein Notizbüchlein geschrieben hat und häufig nachliest; für sie muß sie zuweilen so tun, als spielte sie Klavier, während das Instrument in Wirklichkeit von einem Gespenst – einem bescheidenen böhmischen Musikanten – gespielt wird, das im Krieg seiner Burg verlustig ging. Der dritte Fall ist mühsamer: es handelt sich in der Tat um einen äußerst nervösen, zu Vorahnungen neigenden Herrn, dem es bestimmt ist, in achtzehn Tagen bei einem Autounfall zu sterben. Zu diesem Mann hat sie eine stürmische Beziehung: zu ihm kann sie nicht mit derselben Gelassenheit sprechen, mit der sie sich an den konversionsfreudigen Herrn wendet, und auch nicht mit derselben Poesie, mit der sie die zarte Seele der Dame umschmeichelt; sie muß ihn beschimpfen, angreifen, verlachen – denn so will es der Todgeweihte; von dramatischem Temperament, seit ihn die Ahnung seines nahen Endes befallen hat, möchte er eine erlösende Krisis erreichen und sich selbst erkennen; er ist auf der Suche nach einer Konversion zu sich selbst; und er glaubt sie nur erreichen zu können, indem er mit äußerster Brutalität zu sich spricht: ohne Rücksicht, ohne Liebe und indem er sich gnadenlos zusetzt – bis hin zum doppelten Ausgang des Todes und der Erkenntnis seiner selbst. Der Halluzination fällt es schwer, jenen Herrn zu beschimpfen; sie weiß, daß ihre Brutalität ihm nicht sonderlich nützt; aber sie spürt in sich die Angst, die Wut und die atemlose Ungeduld jenes Mannes, der seine letzten Stunden verlebt; und während sie ihn verlacht, merkt die Halluzination, daß sie ihn insgeheim beweint.

56 DER Herr mit der reizbaren und allgemein erregten Miene – so als wäre er fortgesetzt mit einer unerträglich belastenden Situation konfrontiert – ist grundsätzlich verliebt; genauer gesagt: in solcher Weise würde er sich selbst in diesem Augenblick beschreiben, denn es ist zehn Uhr morgens, und von dieser Stunde an bis gegen elf, spätestens aber bis elf Uhr fünfzehn, liebt er eine vornehme, edelmütige, schweigsame, leicht autoritäre und zart zerquälte Dame. Die Situation ist insofern aufreizend, als die Dame von Viertel nach zehn – sie steht etwas später auf als der Herr – bis halb zwölf einen gebildeten aber brutalen Tarockstudenten liebt, der während derselben Zeit eine englische Dame liebt, die bei ihrer dreißigsten Sanskritstunde angelangt ist. Um elf Uhr dreißig herum wandelt sich alles: die Sanskritstudentin vernarrt sich in den reizbaren Herrn, der jetzt eine Stunde lang niemanden liebt, wiewohl er eine harmlose Neigung zu einer Kissenstickerin aus der Umgegend verspürt, die gegen zwölf Uhr mittags fünfundvierzig Minuten lang einen wenig erfolgreichen, aber hinlänglich talentierten jungen Tenor liebt, der in Wirklichkeit bis dreizehn Uhr dreißig in die leicht autoritäre Dame verliebt ist. Der frühe Nachmittag erlebt im allgemeinen eine Abschwächung der wechselseitigen Liebesgefühle, ausgenommen im Falle des Tenors, der weiterhin in hoffnungsloser Anbetung der Sanskritstudentin verharrt. Um siebzehn Uhr schaltet sich ein Zoologe mittleren Alters ein, der nun endlich gemerkt hat, daß sein Leben ohne die natürliche Einfachheit der Kissenstickerin keinen Sinn hat; den Zoologen begleitet seine junge Frau, die abwechselnd entweder daran denkt, ihren zoologischen Ehemann oder die Kissenstickerin, die in Wahrheit noch nicht einmal von der Existenz des Zoologen unterrichtet ist – aus Eifersucht umzubringen, oder sich, falls gerade Freitag oder Dienstag ist – dazu entschließt, den brutalen Tarockler bis zum Wahnsinn zu lieben, der mittlerweile einen verzweiflungsvollen Liebesbrief an eine blutjunge Briefmarkensammlerin geschrieben hat, einen Brief, den er allerdings nicht abschicken wird, da er inzwischen erneut in die leicht autoritäre Dame verliebt ist, welche beschlossen hat, den reizbaren Herrn zu lieben, der erst jetzt eine Ahnung von Glück verspürt, da er der Frau des Zoologen in die Augen geblickt hat, während diese sich gerade im Geiste einem vom Schluckauf ruinierten Bariton widmete, nicht ahnend, daß dieser – von der Briefmarkensammlerin verschmäht – bereits beschlossen hatte, ins Kloster zu gehen und die Suche nach dem Glück aufzugeben, das nicht vereinbar schien mit der Existenz der Uhr.

57 IN einem Zimmer im vierten Stock eines mehr gewichtigen als vornehmen Gebäudes, innerhalb einer Dreizimmerwohnung mit Küche und Bad, befindet sich ein angegrauter Herr, der heute, Sonntag, beschlossen hat, daß er anfangen wird, ein Buch zu schreiben. Er hat nie Bücher geschrieben und im großen und ganzen auch nicht viele gelesen, und gewöhnlich hat es sich um dumme Bücher gehandelt oder solche von geringem intellektuellem Wert. In Wirklichkeit gibt es überhaupt keinen Grund – weder moralisch noch praktisch – warum er ein Buch schreiben sollte; aber in der Nacht vom Samstag zum Sonntag ist in seiner Seele diese komische Beule zum Vorschein gekommen, die auch die Idee enthielt, daß ein Buch zu schreiben eine edle und veredelnde Tätigkeit sei. Er ist sich bewußt, daß er in seinem Leben noch nie etwas Edles getan hat, was durchaus zutrifft, aber weniger ungewöhnlich ist als er glaubt; er hat noch nicht einmal jene bescheidenen gesellschaftlichen Pflichten erfüllt, die mehr oder weniger alle erfüllen, wie z. B. heiraten, eine Frau und eine Geliebte unterhalten, ein paar Kinder in die Welt setzen und sie anständig gekleidet zur Schule schicken. Er hat kühle und unaufmerksame Verhältnisse gehabt, zumal er es nicht schätzt, für irgend etwas Geld auszugeben, obwohl er nicht geizig ist. In Wahrheit gibt es für ihn nichts, was einen leichtfertigen und verschwenderischen Umgang mit dem Geld rechtfertigen könnte. Er ist nicht religiös, aber auch nicht areligiös, da beide Haltungen eine Aggressivität voraussetzen, die er nicht hat. Er liest keine Philosophie, die er im übrigen gar nicht verstehen würde. Er geht einer gehobenen Tätigkeit nach, die ihm keine schwerwiegenden Entscheidungen abverlangt, ihm aber auch keine aufregenden Aussichten bietet, welche er sich im übrigen gar nicht wünscht, da ihm ein langweiliges Leben viel vernünftiger erscheint als ein aufregendes. Trotzdem hat er an diesem Sonntag beschlossen, ein Buch zu schreiben. Er möchte sein Leben veredeln, aber auf eine geheime Weise; das Buch wird posthum erscheinen. Vielleicht wird es auch nicht erscheinen und erst zwei Jahrhunderte später entdeckt werden, und dann wird er alle Vorteile des Ruhms genießen können, ohne die ganze unnötige Energieverschwendung, die mit dem Ruhm einhergeht. Es gibt indes ein paar Schwierigkeiten: er weiß nicht, was ein Buch ist; er weiß nicht, wie lang es sein muß, um ein Buch zu sein; vor allem aber weiß er nicht, ob er über etwas reden soll oder über nichts. Erinnerungen, die er erzählen könnte, hat er keine und würde sie auch nicht erzählen; wird er also einen Roman schreiben, oder eine Abschweifung, oder eine Betrachtung? Er ist ratlos. Er verspürt ein vages Unbehagen. Nein, er wird nicht von Liebe sprechen. Er hat versucht, im Wörterbuch nachzuschlagen, hat aber immer nur Wörter wie »Hund« oder »Zug« gefunden; er hat den Eindruck, daß ihn jemand beschimpft und auffordert zu fliehen, und er blickt langsam um sich und knirscht mit den Zähnen.

58 SEIT ein paar Tagen ist er äußerst unruhig. Nach einer langen Zeit einsamen Lebens hat er in der Tat bemerkt, daß in dem Haus, in dem er lebt, auch noch andere Wesen wohnen. In den drei Zimmern seiner leicht wahnhaften Wohnung haben drei Gespenster, zwei Feen, ein Geist und ein Dämon ihren Wohnsitz aufgeschlagen, sowie ein riesiger Engel, der allein so groß ist wie ein Zimmer. Er hat ferner den Eindruck, daß noch weitere Wesen da sind, deren Namen er nicht kennt – winzig und kugelrund. Natürlich ist er über den plötzlichen Andrang bestürzt. Er versteht nicht, warum diese Wesen alle seine Wohnung gewählt haben, und er versteht nicht, welche Funktion sie erfüllen. Aber nichts beunruhigt ihn so sehr wie die Tatsache, daß diese Wesen sich weigern, ihm unter die Augen zu treten, mit ihm zu reden, sich auf irgendeine Weise – sei es durch Zeichen – mit ihm zu verständigen. Er weiß, daß er nicht weiter in einer derart verseuchten Wohnung leben kann, aber wenn er doch nur mit diesen Schemen reden könnte, dann hätte diese geheimnisvolle Okkupation doch wenigstens einen Sinn, und vielleicht würde auch seinem Leben noch irgendein Sinn daraus erwachsen. Rein praktisch gesehen kann er für die Existenz jener Wesen in seinem Haus keinerlei Beweise erbringen, ihre Gegenwart ist aber nicht nur offensichtlich und unheimlich, sondern auch selbstverständlich. Er hat versucht, sie dazu zu bringen, sich ihm zu offenbaren. Er hat sich nacheinander an die drei Gespenster gewandt und hat ihnen nahegelegt, eine Reihe von Geräuschen zu erzeugen, die den ganzen Häuserblock erschrecken würden. Da nichts die Stille unterbrochen hat, hat er sich an den Dämon gewandt, der schon aus beruflichen Gründen notorisch zur Gesprächigkeit neigt. Er hat auf die Möglichkeit eines gewissen Handelns angespielt und hat mit gewollter Leichtfertigkeit von der eigenen Seele gesprochen, in der Hoffnung, damit den Teufel zu locken oder den Engel zu reizen. Da er keine Antwort erhielt, hat er Blumen in den Zimmern verteilt, um die Aufmerksamkeit der Feen zu erregen; er hat sich bewährter Methoden bedient, um den Geist zu beschwören. In Wirklichkeit aber ist sein Haus von Entitäten bevölkert, die nichts mit ihm zu tun haben wollen. Nur die winzigen Kugeln erweisen ihm kleine Aufmerksamkeiten, und dann und wann vernimmt er ein rasches Surren im Bereich seiner Ohren. Er weiß freilich nicht, daß die drei Gespenster, die beiden Feen und der Geist auf den künftigen Mieter warten, der nach seinem baldigen Ableben einziehen wird; Engel und Dämon sind da, um sich der bürokratischen Angelegenheiten anzunehmen.

In einer fernen Provinz packt der künftige Mieter fieberhaft seine Koffer, um endgültig eine Wohnung zu verlassen, die von Geistern verseucht ist.

59 EIN phantasieloser Herr mit einem Hang zur guten Küche begegnete sich selbst zum ersten Mal an einer Bushaltestelle. Er erkannte sich sofort und war nur gelinde erstaunt. Er wußte, daß solche Vorfälle im allgemeinen zwar selten, aber doch möglich, ja keineswegs ungewöhnlich sind. Da sie einander nie vorgestellt worden waren, schien es ihm ratsam, sich nicht anmerken zu lassen, daß er sich erkannt hatte. Er traf ihn ein zweites Mal auf einer belebten Straße und ein drittes Mal vor einem Herrenbekleidungsgeschäft. Diesmal nickten sie einander kurz zu, richteten aber nicht das Wort aneinander: jedesmal hatte er sich aufmerksam beobachtet; er hatte den Selbst würdig und elegant gefunden, aber behaftet mit einer schwermütigen oder zumindest gedankenvollen Miene, die er sich nicht erklären konnte. Erst bei der fünften Begegnung grüßten sie einander mit einem verhaltenen »Guten Abend«, und er lächelte ihm sogar zu und bemerkte – wenigstens schien es ihm so – daß der andere sein Lächeln nicht erwiderte. Beim siebten Mal, als sie gerade ein Theater verließen, wollte es der Zufall, daß die Menge sie zueinander hinschob. Der Selbst grüßte ihn höflich und machte einige ihm treffend erscheinende Bemerkungen über das Lustspiel, das sie soeben gesehen hatten; er sprach über die Schauspieler, und sein Selbst stimmte mit ein paar kritischen Äußerungen zu. Vom Anfang irgendeines Winters an häuften sich ihre Begegnungen; es war klar, daß er und er Selbst in unweit voneinander gelegenen Stadtvierteln wohnten; daß sie ähnliche Gewohnheiten hatten, war nicht weiter verwunderlich. Mehr und mehr aber war er davon überzeugt, daß er selbst eine übertrieben melancholische Miene zur Schau trug. Eines Abends wagte er es, das Wort an ihn zu richten und begann mit der Anrede »Mein Freund«; die Unterhaltung, freundlich und höflich, ermunterte ihn dazu, den anderen zu fragen, ob er womöglich irgendeinen Kummer habe, an dem er nicht teilhabe, wenngleich die Sache ihm sonderbar erscheine. Nach kurzer Pause gestand ihm der Selbst, daß er verliebt sei, und zwar hoffnungslos, und überdies in eine Frau, die auf jeden Fall seiner Liebe nicht würdig wäre; weshalb er – ganz gleich, ob er sie nun eroberte oder nicht – zu einer qualvollen, unerträglichen Lage verurteilt sei. Er war über diese Offenbarung bestürzt, besonders da er in gar keine Frau verliebt war; und er zitterte bei dem Gedanken, daß eine Spaltung eingetreten sein könnte, die so groß und so tief wäre, daß sie sich als endgültig unüberbrückbar erwiese. Er versuchte, den Selbst von der Sache abzubringen, doch dieser antwortete ihm, daß weder Lieben noch Entlieben in seiner Macht stünden. Seit jenem Tag ist er einer finsteren Melancholie verfallen. Er verbringt mit sich selbst einen großen Teil seiner Zeit, und wer ihnen begegnet, sieht zwei würdige Herren, die leise miteinander reden, und einen davon, der – den Kopf in einen Schatten getaucht – bisweilen zustimmt und bisweilen verneint.

60 EIN pedantischer aber ein wenig abstrakter Herr erhielt eines Tages einen Brief, den er in Wirklichkeit schon seit langem erwartete. Der Brief kam vom EXISTENZAMT und man teilte ihm mit lakonischer Höflichkeit mit, daß seine Existenzerklärung jetzt nahe bevorstünde, und daß er sich deshalb darauf vorbereiten solle, binnen Kürze in Existenz zu treten. Er freute sich über die Nachricht und unternahm nichts, zumal er schon vor längerer Zeit alles Nötige getan hatte, um in jedem Augenblick existieren zu können, mit oder ohne Vorankündigung. Leicht euphorisch bei dem Gedanken zu existieren, betrachtete er den Moment, in dem er sich gerade befand – jene Lücke zwischen dem Existieren und dem Nicht-Existieren – als eine Art von Urlaub. Da ihm nichts geschehen konnte, solange er noch nicht wirklich zu existieren anfing, behandelte er sich mit einiger Nachsicht; er stand spät auf, verbrachte einen großen Teil des Tages mit Spazierengehen, unternahm kurze Reisen an erholsame und malerische Orte. Er wartete auf den endgültigen Bescheid, aber ohne Ungeduld, zumal er wußte, daß die Bearbeitung der Akten eine heikle Angelegenheit war und daß die Amtsvorgänge kompliziert, die Entfernungen riesig und die Postzustellungen unzuverlässig waren. Drei Monate nach dem ersten Brief erhielt er einen zweiten, der ihn über einen postalischen Irrtum informierte: der vorige Brief war ihm aufgrund einer diakronischen Namensgleichheit zugestellt worden, dergestalt daß ein Mann seines Vor- und Nachnamens in sechs Jahrhunderten in der gleichen Stadt zur Welt kommen werde. Der vorige Brief war darum annulliert und seine Akte wieder eröffnet worden, und befand sich jetzt im Stadium der Entscheidung; obgleich der Brief nicht ausdrücklich auf seine baldige Existenz hinwies, war der Ton ermutigend. Er war ein wenig enttäuscht, wagte aber kein regelrechtes Bedauern, zumal er im Universum ja letztenendes nur etwas ganz Geringes war; er versuchte, den Aufschub als einen weiteren Urlaub zu betrachten, konnte jedoch nicht leugnen, daß seinen unschuldigen Vergnügungen ein Beigeschmack von Bitterkeit anhaftete. Der dritte Brief erreichte ihn nach weiteren sechs Monaten; ganz offensichtlich betraf er ihn nicht – jemand mußte ihm den Brief eines anderen zugeschickt haben, zumal in ihm von seinem bereits erfolgten Tod die Rede war und man sich über die versäumte Ablieferung der linken Schulter in der Schreibstube beklagte. Er mußte notgedrungen denken, daß es im EXISTENZAMT schwerwiegende Unzulänglichkeiten gebe, und das bekümmerte ihn. Ein Jahr später spielte ein weiterer, grammatisch seltsam inkorrekter Brief abermals auf die Frage der linken Schulter an. Der Brief trug ein Datum, das neun Jahrhunderte nach dem Tag seiner Zustellung lag. Indem er den Umschlag aufmerksam studierte, merkte er, daß sein Name mit einer leichten Ungenauigkeit geschrieben war, und in diesem Augenblick hörte er ebensowohl auf zu präexistieren als nicht zu existieren.

61 EIN junger Mann begibt sich zu einem Stelldichein mit einer jungen Frau, der er zu sagen gedenkt, daß er es für überflüssig, schädlich, ablenkend und eintönig hält, sich weiterhin zu sehen. In Wirklichkeit hat er die junge Frau nie geliebt, sondern nacheinander Gefühle der Ritterlichkeit, Ergebenheit, Bewunderung, Hoffnung, Ratlosigkeit, Entfremdung, Enttäuschung und Gereiztheit für sie gehegt. Jetzt geht die Gereiztheit allmählich in einen gelinden und beleidigenden Unwillen über, weil er vermutet, daß die Frau auf irgendeine Weise nicht gewillt ist, ihn zu vergessen, und weil er fürchtet, in ihrem Leben ein Gewicht erlangt zu haben, das ihn erschreckt. Während er die Reihe der Gefühle, die er für die junge Frau gehegt hat, noch einmal überdenkt, erkennt er, daß er sich manchmal übertrieben zerbrechlich gezeigt hat und gehofft hat – ja was eigentlich gehofft? Gehofft, daß sie beide anders wären und einen Bereich zur Verfügung hätten, in dem sie sich eine Geschichte ausdenken könnten; er muß zugeben, daß ein Teil seines Unmuts nicht von ihr abhängt, sondern von seinem eigenen lächerlich phantastischen und verantwortungslosen Gebaren.

Im gleichen Augenblick begibt sich die junge Frau zum gleichen Stelldichein, und zwar mit der Absicht, alles zu klären; sie ist eine Frau, die Klarheit und Einfachheit liebt und der Meinung ist, daß die Zweideutigkeiten und Ungenauigkeiten in einer Beziehung, die es gar nicht gibt, sich schon allzu lang hinziehen. Sie hat diesen Mann nie geliebt, muß aber bekennen, daß sie schwach gewesen ist, ihn in unvorsichtiger Weise um seine Hilfe gebeten und das Wachsen eines stillschweigenden Mißverständnisses geduldet hat, in das sie sich jetzt ungerecht hineingezogen fühlt. Die Frau ist ärgerlich, aber die Vernunft rät ihr, lediglich fest und ruhig zu sein. Sie weiß, daß dieser Mann ein Gefühlsmensch ist und ein Phantast – fähig, Dinge zu sehen, die gar nicht da sind, und mit einem ebenso unerschütterlichen wie unbegründeten und unnützen Glauben an ihnen festzuhalten; sie weiß auch, daß dieser Mann eine gänzlich andere Vorstellung von sich hat, und daß er geneigt ist zu lügen, nur um keine Demütigungen zu erleiden. Darum wird sie weise, gütig und klar sein.
Pünktlich nähern sich der junge Mann und die junge Frau dem Ort des Stelldicheins. Da – sie haben sich gesehen und winken sich einen Gruß zu, bei dem die Gewohnheit an Stelle der Herzlichkeit steht. Als sie nur noch wenige Meter voneinander entfernt sind, bleiben sie stehen und sehen sich schweigend und aufmerksam an; und plötzlich überkommt sie eine wilde Freude, als beide begreifen, ja wissen: keiner von beiden hat den anderen je geliebt.

62 ALS er gerade ein Geschäft verließ, in das er sich begeben hatte, um ein Rasierwasser zu kaufen, bemerkte der ernste und ruhige Herr mittleren Alters, daß man ihm das UNIVERSUM gestohlen hatte. Anstelle des UNIVERSUMS war da nur noch ein graues Pülverchen, die Stadt war verschwunden, verschwunden war auch die Sonne, und von dem anscheinend ganz an sein Pulverdasein gewöhnten Pulver ging keinerlei Geräusch aus. Der Herr war von stiller Gemütsart und sah keine Notwendigkeit, eine Szene zu machen; ein Diebstahl war verübt worden, freilich ein größerer als gewöhnlich, aber doch nur ein Diebstahl. Der Herr war in der Tat überzeugt, daß jemand den Augenblick, in dem er das Geschäft betrat, benützt hatte, ihm das UNIVERSUM zu stehlen.

Nicht daß das UNIVERSUM ihm gehört hätte – aber als Geborener und Lebender hatte er ein gewisses Anrecht auf seine Benützung. In Wahrheit hatte er, als er das Geschäft betrat, das UNIVERSUM draußen gelassen, ohne die Diebstahlsicherung einzuschalten, die er aber auch sonst nie benützte, wegen ihres riesigen Umfangs, der sie im Gebrauch unpraktisch machte. Trotz seiner großen Strenge sich selbst gegenüber empfand er keine Schuldgefühle hinsichtlich mangelnder Wachsamkeit oder Unvorsichtigkeit. Er wußte, daß er in einer von einem anmaßenden Verbrechertum beherrschten Stadt lebte – ein Universumsdiebstahl war allerdings noch nie vorgekommen. Der ruhige Herr drehte sich um, und wie erwartet war nun auch das Geschäft verschwunden. Es war also nicht unwahrscheinlich, daß sich die Diebe noch nicht allzuweit entfernt hatten. Jedenfalls fühlte er sich machtlos und leicht verärgert: ein Dieb, der alles stiehlt – inbegriffen alle Kommissare und Polizisten – ist ein Dieb, der eine Vorzugsstellung einnimmt, die einem Dieb in der Regel nicht zukommt; und obgleich der Herr ruhig blieb, befand er sich in jenem Seelenzustand, der viele Herren dazu treibt, Briefe an Zeitungsdirektoren zu schreiben; und wenn es noch Zeitungen gegeben hätte, hätte er es vermutlich getan. Desgleichen würde er, hätte es noch ein Kommissariat gegeben, eine Denkschrift verfaßt haben, in welcher er genau dargelegt hätte, daß das UNIVERSUM zwar nicht ihm gehöre, daß er es aber seit dem Tage seiner Geburt täglich benütze, und zwar in aufmerksamer und nüchterner Weise und ohne daß er je von den Behörden zur Ordnung gerufen werden mußte. Aber es gab keine Kommissariate, und der Herr war ratlos; er fühlte sich geprellt, gab sich geschlagen und fragte sich, was in aller Welt er nun tun solle, als ihm jemand in unmißverständlicher Weise auf die Schulter klopfte – sacht, wie um ihn zu rufen.

63 EIN berühmter Glockenfabrikant – mit langem Bart und durch und durch atheistisch – erhielt eines Tages den Besuch zweier Kunden. Sie waren in Schwarz gekleidet und sehr ernst und hatten Wülste an den Schultern, weshalb der Atheist dachte, daß dort auch Flügel sein könnten, wie sie nach dem Hörensagen bei Engeln üblich sind; aber er maß dem weiter keine Bedeutung bei, da es sich nicht mit seinen Überzeugungen vertrug. Die beiden Herren bestellten bei ihm eine Glocke von riesigen Ausmaßen – noch nie hatte der Meister etwas ähnliches gemacht – und aus einer Legierung, die er noch nie verwendet hatte; die beiden Herren erklärten ihm, daß die Glocke einen besonderen Klang erzeugen würde – absolut anders als bei jeder anderen Glocke. Als sie sich verabschiedeten, erklärten die beiden Herren – nicht ohne eine Spur von Verlegenheit – daß die Glocke für das Jüngste Gericht bestimmt sei, welches jetzt nahe bevorstünde. Der Glokkenmeister lachte freundschaftlich und sagte, daß es zwar nie ein Jüngstes Gericht geben würde, daß er die Glocke aber trotzdem in der angegebenen Weise und in der vereinbarten Zeit herstellen würde. Die beiden Herren kamen alle zwei bis drei Wochen vorbei, um zu sehen, wie die Arbeit fortschritt; es waren zwei melancholische Herren und es schien – obwohl sie die Arbeit des Meisters bewunderten – als wären sie insgeheim unzufrieden. Dann ließen sie sich eine Weile nicht mehr blicken. In der Zwischenzeit brachte der Meister die größte Glocke seines Lebens zur Vollendung und merkte, daß er stolz darauf war, und es kam ihm vor, als ob er in seinen geheimsten Träumen wünschte, eine so schöne und auf der ganzen Welt einzigartige Glocke möge beim Jüngsten Gericht Verwendung finden. Als die Glocke bereits fertiggestellt und auf ein Holzgerüst montiert war, tauchten die beiden Herren wieder auf. Sie betrachteten die Glocke voller Bewunderung und zugleich voll tiefer Melancholie. Sie seufzten. Schließlich wandte sich der anscheinend gewichtigere der beiden an den Meister und sagte mit verhaltener Stimme und fast schamhaft: »Sie hatten recht, lieber Meister; es wird kein Jüngstes Gericht geben – weder jetzt noch irgendwann. Es war ein schrecklicher Irrtum.« Der Meister sah die beiden Herren an – ebenfalls mit einer gewissen Melancholie, aber wohlwollend und glücklich. »Zu spät, meine Herren«, sagte er leise und bestimmt und ergriff das Seil, und die große Glocke begann zu schwingen und klang ganz laut und hell, und es kam wie es kommen mußte: die Himmel taten sich auf.

64 DER junge Mann, der darauf wartet, daß die Verkehrsampel es ihm gestattet, die Straße zu überqueren, befindet sich auf dem Weg zu einer Frau, der er sich irgendwie erklären möchte, in der Hoffnung, von ihr abgewiesen zu werden. Er ist ziemlich geübt darin, sich von anderen »nein« sagen zu lassen und insgesamt in einer Atmosphäre fortgesetzter Verweigerung zu leben. Die seltenen Male, bei denen er erhört wurde, ist es ihm lediglich gelungen, schreckliche Verwirrungen zu stiften, und im großen und ganzen hat er aufgehört, eine Frau treffen zu wollen, die ihm »ja« sagen würde. In Wirklichkeit ist er nicht einmal verliebt in die Frau, der er eine Erklärung machen möchte, er nimmt aber an, daß sie es von ihm erwartet, und er ist nicht in der Lage, sich auch dem ausdrücklichst unausgesprochenen Willen einer Frau zu widersetzen, die zu bewundern er nicht umhin kann. Wenn er dem »Ja« weniger ungeneigt wäre, könnte der junge Mann diese Frau auch lieben – auf jene lautere und männliche Art, von der er annimmt, daß sie seinem Wesen entspricht, obwohl er noch nie Gelegenheit hatte, diese lautere und männliche Art zu erproben. In Wirklichkeit hat er es aber – nicht ohne Klugheit und in der Gewißheit, daß das Ergebnis, das er erzielen würde, in jedem Fall ein »Nein« sein würde und daß die Frau seine Erklärung förmlich erheischte, um von ihrem Recht zur Verweigerung Gebrauch zu machen, und weiter in der Erkenntnis, daß dieses »Nein« genau seinem Wunsch entsprach, so daß er zugleich dem Willen der Frau und seinem eigenen innersten Ruf folgte – in Wirklichkeit also hat er es vermieden, sich zu verlieben, um der Situation keine allzu ausgesprochen naturalistische und peinliche Färbung zu geben. Peinlich wird sie freilich trotzdem sein, dieweil er zur Peinlichkeit neigt, doch hat er im Lauf der Zeit gelernt, seinen Hunger nach Erniedrigung zu mäßigen, so daß es ihm inzwischen genügt, sich ganz allgemein als Ausgestoßener zu fühlen. Ihm scheint, daß er die richtige Frau gewählt hat: sanft, freundlich, ein wenig zurückgezogen, hübsch und doch ängstlich, es nicht zu sein, wird sie ihn bestimmt mit Höflichkeit abweisen, wird sich geschmeichelt erklären oder edle und hehre Dinge sagen und ihm von Freundschaft sprechen oder ihm womöglich sogar gestehen, daß ihr Herz einem anderen gehört – mit einem Wort: sie wird ihm die Pflicht, sich ihr zu erklären, nicht zur unerträglichen Last werden lassen, zumal er es ja hauptsächlich um ihretwillen tut. Er hofft von ganzem Herzen, nicht in ein peinliches Mißverständnis

geraten zu sein, zumal die Erfahrung ihn gelehrt hat, daß ein »Ja« nichts anderes ist als ein in die Länge gezogenes »Nein«, ein doppeltes »Nein«, ein zweisames »Nein«, ohne all die schmerzlichen und zarten Tröstungen des »Nein«. Und da seht Ihr ihn nun, wie er zuversichtlich die Straße überquert, so als ginge er einem neuen Leben entgegen.

65 DER Ritter, der den Drachen getötet hat – ein schöner Mann von nobler Haltung, schlank und sauber wenngleich sterblich – bindet die gewaltige Masse angsteinflößenden Fleischs an seinen Sattel und begibt sich auf den Weg in die Stadt. Er ist stolz auf seine Unternehmung, obwohl er dunkel weiß, daß seine Lanze zu gleichen Teilen vom Schicksal und von der Dummheit geführt wurde; er reitet durch die Dörfer, und die Leute – an den Schrekken des Ungeheuers gewöhnt – schließen sich in ihre Häuser ein und verbarrikadieren die Türen; der Ritter lacht und denkt, daß der König in der Stadt ihn vor allem Volk umarmen wird und ihm – wenigstens pro forma – seine Tochter zur Frau anbieten wird. Den Körper, die Zähne und die halbgeschlossenen Augen des Drachens hinter sich herziehend reitet der Ritter an einem Friedhof, einer Kirche und einem einsamen Haus vorbei; aber niemand erscheint, um ihm zu huldigen: nicht einmal die Toten, die sich auf ein Murmeln beschränken, das auch ein Vorwurf sein könnte. Warum kommt der Priester nicht heraus, um den Drachentöter zu segnen? Warum kommen die Bewohner des Hauses nicht heraus, um seine Steigbügel zu küssen? Haben sie womöglich Angst vor ihm – dem Mann, der sie von dem ungeheuerlichen Ungeheuer befreit hat? Der Ritter ist mißmutig und erst recht stolz auf seine Unternehmung. Dort seht Ihr ihn, wie er durchs Stadttor reitet und in die große Straße hinein, die zum Königsschloß führt; die Straße ist dicht bevölkert, aber während er auf ihr entlangreitet, merkt er, daß etwas seltsames geschieht: die Leute verstummen, weichen zurück, wenden den Blick ab, und er fühlt, daß sie es nicht tun, um das schreckliche Ungeheuer nicht zu sehen, sondern um ihn, den Ritter, nicht anzuschaun. Er kann nicht umhin zu bemerken, daß ein Gefühl des Abscheus ihn einhüllt; die Bürger empfinden nicht Angst vor ihm, sondern Ekel. Der Ritter ist bestürzt, entrüstet, niedergeschmettert. Ein Fenster wird brüsk geschlossen und er hört oder vermeint rasche Verwünschungen zu hören. Aber hat er denn nicht den Drachen getötet? Waren sich nicht alle einig gewesen, daß der Drache getötet werden müsse? War die Geschichte nicht voll von Paladinen, die Drachen getötet und dafür Frauen, Paläste und japanische Motorräder eingehandelt hatten? Hat er sich womöglich im Drachen geirrt? Nein, nie hat jemand von zwei Drachen gesprochen; es gibt keine zwei Drachen, in keinem Fall. Er wäre gern zornig, ist aber nur sehr melancholisch; er begreift nichts mehr. Er weiß, daß es sinnlos ist, jetzt noch zum König zu gehen; und da seht Ihr ihn nun wie er an einem Kreuzweg sitzt und rastet, während die Leute sich entfernen. Was tun? Der Ritter steigt vom Pferd und dreht sich um und betrachtet den Drachen, wie er da liegt, häßlich und stumm. Zum ersten Mal erforscht er seinen Körper, sein Gesicht, seine harte Haut, seine dornigen Sporen; und was fühlt er dabei, der Ritter? Zum ersten Mal ist er fassungslos und empfindet sein Los eines Drachentöters als lächerlich und schändlich; verschwommen erkennt er, daß er den Rest seines Lebens in der Betrachtung dieses unverwüstlichen Kadavers verbringen wird.

66 EINE Fee aus dem Feenland, bekannt wegen ihrer Zerstreutheit und wegen einer gewissen aufreizenden Nutzlosigkeit ihrer Unternehmungen, bestieg eines Tages den falschen Zug und kam statt in ein Land, in dem auch andere, ihr blutsverwandte und allesamt ein wenig unvernünftige Feen wohnten, in ein Land, wo es ganz und gar keine Feen gab und auch nie welche gegeben hatte. Die Fee bemerkte das erst, als sie den Zug bereits verlassen hatte und merkte auch, daß sie gar nicht wußte, wo sie war. Eine Zeitlang irrte sie herum, in der Hoffnung, eine andere Fee zu treffen, aber sie mußte bald einsehen, daß dies kein Land der Feen war. Die Kopflose fühlte sich ganz verloren und geriet in große Seelennot. Sie wußte nicht, was für einen Zug sie da anstelle des richtigen genommen hatte und konnte deshalb auch die Rückreise nicht antreten. Sie beschloß, auf ein wenig ruhmreiches Mittel zurückzugreifen und sich eine Person auszusuchen, der sie sich sichtbar machen konnte. Die Kinder wären in gewisser Hinsicht geeignet gewesen, hätten ihr aber die nötigen Informationen nicht geben können; auch die Alten konnten geeignet sein, sie fürchtete sich jedoch vor ihrer Geschwätzigkeit und ihrer Sucht, sich bei jeder Gelegenheit nützlich zu machen. Schließlich wählte sie einen gleichzeitig ruhigen und übertrieben nachdenklichen Herrn. Tatsächlich hatte er einen leichten Hang zu Halluzinationen, Dämmerzuständen und paranoischen Phantasien; mit anderen Worten: er besaß eine extrem realistische und klare Vorstellung von der Welt. Er glaubte an Feen, an magische Zahlen und an das Geisterschiff. Als die Fee sich vor ihm materialisierte, begrüßte er sie artig und gestand ihr mit nüchterner Beredsamkeit seine Freude, einer so feinen Fee begegnet zu sein. Konnte er ihr – auch wenn er nur ein ganz geringer Mann war – irgendwie nützlich sein? Ja, das konnte er. Er war glücklich darüber. Die Fee offenbarte ihm ihren Fall, und der übertrieben nachdenkliche Herr geleitete sie höflich zum Bahnhof, setzte sie in den richtigen Zug, erklärte ihr, an welchem Bahnhof sie aussteigen müsse und verabschiedete sich mit einer Verbeugung. Er entfernte sich mit Tränen in den Augen, da er erkannt hatte, daß in jenem Augenblick sein ganzes Leben sich ihm offenbart hatte, und daß diese Offenbarung sich nicht wiederholen würde. Die Fee verspürte Sehnsucht nach dem nachdenklichen Herrn und dachte, daß es vielleicht höflich wäre, zurückzukehren und ihn zu besuchen; dann vergaß sie es. Der nachdenkliche Herr hat die Fee niemals vergessen; hin und wieder geht er zum Bahnhof, um jenen Zug zu sehen; hin und wieder besteigt er ihn und fährt zwei bis drei Stationen weit mit. Dann steigt er wieder aus und kehrt zurück und bemüht sich, jene winzige aber totale Bedeutung fest in seinen schmalen Händen zu halten – jene Gnadengabe einer zerstreuten Fee an ihn, den törichten und gedankenlosen Mann wie es keinen zweiten gibt in der ganzen Stadt.

67 DAS von den Jägern verfolgte Tier erfährt während seiner lautlosen und akkuraten Flucht eine Reihe von Verwandlungen, die seine wissenschaftlich zuverlässige Beschreibung unmöglich machen. In der Tat ähnelt es während des ersten Teils seiner Flucht einem Fuchs, mit rötlichem Fell aber einer längeren Schnauze als bei Füchsen oder anderen Kaniden üblich; es hat einen langen und unruhigen Schwanz, mit dem es seine Spuren verwischt, wenn es ihn bewegt; aber die Hunde lassen sich nur selten durch diese billige List vom Weg abbringen, weshalb das Raubtier jetzt anfängt, Gestalt und Farbe zu wechseln. Zuweilen wird es grün, so daß es sich mit der Waldestiefe vermischen und sich in ihr verbergen kann; es hat dann stachlige Borsten, die den Angreifer in Bann halten; den Schwanz hat es abgelegt, und seine Art des Laufens besteht jetzt in großen Sprüngen mit plötzlichen Richtungsänderungen. Es kommt vor, daß die Jäger – solange es diese Gestalt behält – es mit Steinschleudern zu treffen versuchen; denn solange es sein Äußeres nicht ändert, können sie nicht anders. Die Steine verletzen es selten; aber wenn sie ihm lästig werden, verlängert es sich einfach zu einer Art graublau geflügelter Schlange, die glatt und feucht durch Gras und Steine schlüpft; sie zischt und ihrem Maul entsteigt ein zarter Dampf; sie hat gelbe Augen. Nach der geflügelten Schlange können die Jäger mit Pfeilen schießen: aber selbst wenn sie gut gezielt sind, bohren sie sich nicht ins Fleisch, sondern verletzen nur oberflächlich die Haut, ohne Blut. Obgleich geflügelt, kann die Schlange nicht fliegen, oder nur sehr tief, und wenn es einem Jäger gelänge, ihr mit schnellem Pferd voranzueilen und ihr den Pfeil ins Maul zu schießen, dann wäre die Bestie erlegt; doch so schnelle Pferde sind selten und im allgemeinen sanft. An diesem Punkt bleibt dem wilden Tier noch eine letzte endgültige Verwandlung; vormals gestreckt, sieht man es nun flach werden, ähnlich gewissen Fischen, bis die Entfernung zwischen seinen hinteren Teilen und dem Gesicht auf wenige Zentimeter schrumpft. An diesem Punkt ist es ein ausgedehntes Tier, beinah ein großer flacher Mond: leicht zu treffen, und der Jäger kann mit dem Gewehr schießen, ohne es zu verfehlen; aber seine Materie ist so locker, daß die Kugeln es durchdringen ohne es je – oder fast je zu verwunden. Doch dem Jäger bleibt wenig Zeit: in der Tat wechselt das Ungeheuer ganz unvermittelt und ohne sich umzudrehen Hinten und Vorn, und die Hunde, Pferde und Jäger finden sich vor einem

riesigen gezahnten Maul, das schweigend und weit aufgerissen auf sie zukommt und sie zerreißt, zerfleischt und verschlingt.

68 WENN das GEISTERSCHIFF in irgendeinem Hafen vor Anker geht, dann begibt sich der Kapitän zusammen mit dem Ersten Offizier an Land; er hat stets eine Menge Geld bei sich, in der Währung des Hafens, wo er anlegt; das Geld wird ihm abwechselnd von einem Dämon und einem Engel zugestellt. Der Kapitän geht, wie ein alter Seemann, der froh ist, wieder an einem menschlichen Ort zu sein, in eine Hafenkneipe und begrüßt dort alle Anwesenden mit herzlichen und ausladenden Armbewegungen und feierlich-spaßhaften Verbeugungen; der Erste Offizier – ein großer, magerer und bleicher Mann – beschränkt sich auf das schweigende Lächeln eines Untergebenen. Aber der Kapitän ist immer in allerbester Laune; gerade gibt er eine Runde aus und verlangt, daß man ihm und seinen Gästen das Beste vom Besten kredenze; und alles bezahlt er mit seinem immer neuen Geld, das auf der Theke des Wirts so seltsam klingt. Der Kapitän macht kein Geheimnis aus sich: er stellt sich gleich mit lauter Stimme als Kapitän des GEISTERSCHIFFS vor. Diese Erklärung wird von einigen mit herzlichem Gelächter begrüßt, wie eine tollkühne Flunkerei, die jeder gern aus dem Mund eines anderen hört, auch wenn keiner in dieser Kneipe den Mut hätte, sie selbst zu äußern; andere dagegen sind beunruhigt, und immer ist einer dabei, der die Gesellschaft in größter Eile verläßt. Und das ist jammerschade, denn der Kapitän hat stets schöne und pikante Geschichten zu erzählen, während sein bleicher – etwas allzu bleicher – Erster nur zuhört ohne sich einzumischen. Der Kapitän erzählt Geschichten von Piraten und versteckten Schätzen, die jeder sucht und keiner findet, und auch von wunderschönen Frauen, die zu erobern so schwierig ist, daß jede andere Unternehmung dagegen wie ein Kinderspiel erscheint; ferner von Duellen und wo der gute Wein wächst und wo die Walfische leben, die mit einem ganzen Wald auf dem Rücken herumschwimmen und in dem Wald wohnen die Sirenen. Er erzählt auch Geschichten von Schabernack und Schummelei und von weiblicher List, und nicht immer – das muß gesagt werden – ist seine Rede so züchtig wie sie sein sollte; aber die Leute, die ihm zuhören, sind nicht von der Sorte, die sich darüber entrüstet. Zum Schluß verabschiedet er sich mit erneutem Verbeugen und Winken und nähert sich rückwärts der Tür; dann dreht er sich um und öffnet die Tür um hinauszugehen und wird auf der Straße vom ersten Windstoß erfaßt. Und da sieht die Gesellschaft – zuerst ungläubig, dann entsetzt – wie die Kleider des Kapitäns und des Ersten Offiziers sich zusammenrollen – so als hätten sie keinen Körper, ja als wären sie gänzlich leer. Während die beiden schwankenden Hüllen sich entfernen, denkt das schweigsam gewordene Trüppchen an die Flausen des Kapitäns zurück und begreift, daß er gelogen hat und daß niemals jemand etwas von ihm erfahren wird über die qualvollen Abenteuer seiner Seefahrt – über die Dinge, die jene inexistenten Augen wirklich gesehen.

69 DER Astrologe – ein Mann von ruhigem und in keiner Weise phantastischem Äußeren – hat soeben seine Berechnungen abgeschlossen und überprüft sie mit einem Anflug von bissigem Vergnügen. Aus diesen sorgfältig durchgeführten und kontrollierten Berechnungen geht folgendes hervor: er wird der Frau seines Lebens in einem Jahr und sechs Monaten begegnen; in vieler Hinsicht scheint sie eine Schicksalsfrau zu sein, die nichts weiter fordert, als angenommen zu werden; der Astrologe hat nichts dagegen einzuwenden, zumal er ein Mann ist, der den Wünschen des Kosmos, zu denen auch diese Begegnung mit einer für ihn schicksalhaften Frau gehört, willig gehorcht. Aber seine Berechnungen haben ihm noch etwas anderes offenbart: nämlich daß er genau zwanzig Tage vor der Begegnung mit besagter Frau sterben wird. Der Astrologe besitzt einen gewissen Sinn für Humor und kann sich eines Lächelns nicht erwehren; das ist wahrhaft eine Denkaufgabe. Am Tag der Begegnung wird die Frau also zweifellos lebendig sein und er ebenso zweifellos tot; indes scheint der gesamte Kosmos mit so viel sturer Ordnung organisiert zu sein, daß die Begegnung notgedrungen stattfinden muß. Der Astrologe denkt nach: vielleicht verliebt sich sein Gespenst in die ihm vorherbestimmte Frau und enthüllt sich ihr? Abstrakt gesehen wäre das nicht unmöglich, doch wäre es der erste Fall einer

Prophezeiung im Hinblick auf die Geschichte eines Gespensts, die Gefühlsverirrungen eines Verstorbenen. Und dann: was für eine Art von Beziehung könnte er als Toter mit ihr als Lebender denn eingehen? Es erübrigt sich, an Reinkarnation zu denken, zumal er auch im technisch eher unwahrscheinlichen Fall einer Sofort-Inkarnation an jenem Tag erst zwanzig Tage alt wäre. Er phantasiert: vielleicht verliebt sich die Frau in ein Bild von ihm? Aber kann ein Bild von ihm als »er« betrachtet werden? Also: wenn es irgendeine Lösung gibt, dann muß sie mit einer Weltregel zu tun haben, die bis jetzt noch niemand erforscht oder kennengelernt hat. Diese Regel sieht – wie in dem Fall, den er entdeckt hat – etwas vor, von dem er nicht weiß, ob er es als das Unmögliche oder den Irrtum definieren soll. Wenn es das Unmögliche ist, dann bedeutet das, daß das Universum in sich den Wunsch nach etwas birgt, das nicht sein kann, und also mit sich selbst in Konflikt steht – und vermutlich ist das Universum im ganzen gesehen unglücklich; wenn die Regel den Irrtum vorsieht und gebietet, dann bedeutet das, daß die Welt an einem Punkt angelangt ist, wo nur die Ungenauigkeit ihr sich selbst offenbaren kann, wo nur die Lüge ihr die Wahrheit vermitteln, nur die Krankheit sie heilen, nur der Tod sie erschaffen kann. In einem solchen Fall wäre der Tag der Begegnung mit der Frau der letzte Tag eines GROSSJAHRS – der Tag des Weltbrandes und des Neubeginns der Welt.

70 DER junge Mann, der gedankenverloren und melancholisch auf einer Parkbank sitzt – an einem abseits gelegenen und einsamen Ort – hat wirklich ausgezeichnete Gründe, nachdenklich, melancholisch und einsam zu sein; er befindet sich nämlich in der beschwerlichen Lage, in drei Frauen zugleich verliebt zu sein; das wäre an sich schon maßlos und überspannt, man muß indes noch hinzufügen – auch wenn es ihm selbst gar nicht recht bewußt ist – daß zwei von diesen drei Frauen drei Jahrhunderte, beziehungsweise ein Jahrhundert früher gelebt haben, während die dritte erst zwei Jahrhunderte nach seinem Tod zur Welt kommen wird. Daher kommt es, daß er, obgleich er gänzlich und schmerzlich verliebt ist, keine von diesen Frauen je getroffen hat und auch niemals in der Lage sein wird, eine zu treffen; und wenn er es auch nicht mit Bestimmtheit weiß, so ahnt er doch, daß seine Verliebtheit eine Absonderlichkeit ist – etwas, das zu nichts Gutem führen kann; jedenfalls kann man nicht drei Frauen heiraten, und es ist auch schwierig, dreien den Hof zu machen; wie kann er sich außerdem als verliebt bezeichnen, wenn er sie niemals gesehen hat und sich nie – auch nicht auf die unschuldigste Weise – mit einer der drei unterhalten hat; endlich kann er sich des Gefühls nicht erwehren, daß der Umstand, sie nie getroffen zu haben, kein zufälliger ist, und auch nicht auf einer tückischen oder feindlichen Absicht der Damen beruht, sondern eine eigene innere Notwendigkeit besitzt – weshalb er sie im Grunde gerade darum liebt, weil sie sich, insofern sie zu dritt sind, gegenseitig auslöschen; weil er, insofern er sie nie gesehen hat, nicht weiß, was er da liebt; weil er, insofern sie definitiv unsichtbar sind, sich niemals entlieben kann. Denn das ist der dramatischste Punkt: daß er – da er auf keine Weise eine Unterhaltung mit den drei Frauen anknüpfen, keinen Begegnungen entgegensehen, keine Verabredungen treffen und von keinen Intimitäten träumen kann, und nicht einmal die Möglichkeit besitzt zu erfahren, wo in aller Welt er sie suchen könnte, diesen zermürbenden Umstand, ein ewig Verliebter zu sein, nicht aus dem Kopf schaffen kann, wobei er selbst nicht weiß, in wen oder was er verliebt ist, nur daß er unzweifelhaft verliebt ist. Gleichzeitig empfindet er einen närrischen Respekt vor seinem eigenen Zustand, so als wäre das Absurde und Unmögliche, das ihm widerfährt, ein weitaus erleuchtenderes Symptom als er selbst – als wäre er ein Wundergeheilter oder ein Auserwählter; aber dann, während er mit einem Seufzer ein Bein übers andere schlägt und die Augen schließt, stellt er sich vor, er wäre eine Wunde, ein Furunkel, eine Mißbildung des Parks, der Stadt, der Welt – oder möglicherweise eine einsame und gänzlich unübersetzbare Hieroglyphe.

71 DER Mann ist im Zentrum der Stadt; der große weiße Platz ist von so hohen Gebäuden begrenzt, daß man ihre Dächer nicht sieht; das Licht ist eine zarte Dämmerung, von der man nicht weiß, ob sie im Begriff ist, sich in die Nacht zu stürzen oder dem Tag entgegenzugehen. Die Stadt ist verlassen; er weiß, daß in den blendendweißen Häusern und geraden Straßen weder Mensch noch Tier ist. Er ist das Zentrum der Stadt, ihr Sinn, ihr Plan. Er versteht nicht recht, ob er sich in dieser Stadt als Herrscher, als Märtyrer oder als vergessener Gefangener aufhält; nach dem, was er über sich weiß, könnte er auch ein Denkmal sein – nicht mehr und nicht weniger als der privilegierte Ort der Stadt. Er hat nur ein verschwommenes Wissen über sich selbst, aber alles, woran er sich erinnert, ist auf irgendeine Weise mit der Stadt verbunden, obwohl nicht nur er, sondern, soweit er unterrichtet ist, auch niemand anders je dort gelebt hat, dort geboren wurde, dort gestorben ist. Er weiß, daß es einen Grund gibt, weshalb er der schlechthinnige Bewohner dieser Stadt ist: es ist das entsetzliche und unumschränkte Leiden, das diese geraden Linien, dieses grausame Weiß ihm zufügen. Reglos im Zentrum der Stadt, erfaßt er sie ganz in seinem Plan der Angst. Seit langer Zeit denkt er an Flucht; aber Flucht bedeutet Verzicht auf das Leiden, während das Leiden doch der Grund ist, weshalb er nicht nur das Zentrum der verlassenen Stadt ist, sondern auch ihr Monarch; er weiß aber auch, daß er gerade darum fliehen muß, weil er ihr Monarch ist, und daß er die Stadt auf diese Weise töten muß, die nur noch im Stolz auf ihr eigenes Zentrum, Denkmal, Leiden, Sinn und König besteht. Alles wurde in der Überzeugung, in der sicheren Voraussicht gebaut, daß er diesen Ort nie verlassen würde, niemals versuchen würde, zu den weit geöffneten Stadttoren in der Stadtmauer zu gelangen. Das alles zeigt ihm also immer wieder, daß seine Flucht notwendig ist, daß er Sinn verlieren muß, um Sinn zu gewinnen, abdanken muß, um König zu werden. Der Sinn der Stadt sein bedeutet, ihr Opfer und Henker zugleich sein; in dem Augenblick, wo der Fluchtplan klar und unerträglich wird, spürt er das Leiden der Stadt, die Panik ihrer großen Gebäude. Er merkt, daß er diese stolze und feige Stadt haßt, und wägt in jedem einzelnen Teil seines Körpers das Recht über Leben und Tod, über das er als Monarch in der ganzen Stadt verfügt. Reglos beschließt er zu fliehen, zu töten, die Stadt – seinen Stolz – in ein blendend weißes Feld unentzifferbarer Ruinen zu verwandeln.

72 ER ist von Beruf GETRÄUMTER. Dieser Beruf gefällt ihm, weil er ihn nicht zwingt, eine gleichbleibende Form zu haben, sondern ihm gestattet, zwischen allen möglichen Formen, die in einem Traum Verwendung finden, hin und her zu schwanken, mit einer Einschränkung: daß er nämlich der GETRÄUMTE BÖSE ist und ihm deshalb alle Rollen des Bösen zufallen, vom Faschisten bis zur Hexe. Er liebt die tierischen Formen: er ist gut als Schlange und als wütender Hund; zuweilen läßt man ihn den Zerberus spielen oder den Herodes – eine Rolle, die ihm sehr zusagt, wegen des Königsmantels und der Dienerschaft. Sein Beruf gefällt ihm auch deshalb, weil er sich der Tatsache bewußt ist, daß sein Eingreifen – so schmerzhaft es auch sein mag – den Träumern stets willkommen ist. Im allgemeinen hat ein Traum, in dem der GETRÄUMTE BÖSE auftritt, eine gewisse Würde und kann auch große Bedeutungen enthalten. Obwohl der GETRÄUMTE BÖSE keine großen Erleuchtungen in sich trägt, hält er sich gern in der Nachbarschaft der Offenbarungen und der tiefen Seelenforschungen auf – auch wenn er die Seele offenkundig nicht liebt. Der GETRÄUMTE BÖSE ist – obgleich er äußerst unangenehm sein kann – nicht der ALPTRAUM. Wenn er einen Fortbildungskurs besuchte, könnte er auch ALPTRAUM werden, es steht aber außer Zweifel, daß das Amt eines ALPTRAUMS ungleich beschwerlicher ist, auch wenn die Dienstleistungen seltener sind. Er hat ein paar Freunde unter den ALPTRÄUMEN und ist stolz darauf, ebenso wie er sich geehrt fühlt, zuweilen mit den BEDEUTUNGEN, die im allgemeinen wählerisch und spröde sind, an einem Tisch essen zu dürfen. Mit den BEDEUTUNGEN zu verkehren ist äußerst wohltuend, da sie eine rare aber um so schmeichelhaftere Zutraulichkeit zeigen; doch die ALPTRÄUME sind oft bedrückend und ihre Art zu lachen ist nicht befreiend. Im übrigen sind die ALPTRÄUME nicht verpflichtet, eine bestimmte Form anzunehmen, sondern können auch reine Unbestimmtheit bleiben; wenn sie Gäste haben, erscheinen sie meistens als Pferd oder als Gliederpuppe; trotzdem zögert der GETRÄUMTE nicht, mit ihnen zu verkehren, zumal sie gesellschaftlich aufwertende Freundschaften darstellen; außerdem kann man – auch wenn sie etwas gänzlich anderes sind – immer irgendwelche professionellen Finessen von ihnen lernen. Und schließlich ist der GETRÄUMTE ja eine Art Emporkömmling; er hat aber viel Arbeit und sein Lebensstil ist mehr als achtunggebietend; außerdem kommt es im allgemeinen ihm und nicht den ALPTRÄUMEN zu, Katastrophen und

Todesfälle anzukündigen – eine Aufgabe, die allgemein als nicht unvornehm gilt.

73 DER Schrei erscholl unvermittelt im ganzen Dorf und wurde, soweit bekannt ist, an jedem Punkt – bis hin zu den vereinzelten Bauernhäusern am Dorfrand – mit gleicher Intensität gehört. Auch ein fast tauber Tischler hörte ihn deutlich, und es hörte ihn ein Fremder, der gerade durchs Dorf radelte und mit stockendem Blut innehielt. Der Schrei wurde von denen, die ihn gehört hatten, nach und nach beschrieben: alle waren sich einig, daß er tiefe Trostlosigkeit, wo nicht gar Verzweiflung ausdrückte und daß es der Schrei von jemandem sein konnte, der sich in unmittelbarer Lebensgefahr befand – womöglich von ruchlosem Mord bedroht. Alle staunten über die Intensität des Schreis und über den Eindruck, ihn alle einzigartig deutlich gehört zu haben; jemand mutmaßte, es habe sich nicht um einen einzelnen, sondern um mehrere gleichzeitig aus verschiedenen Richtungen kommende Schreie gehandelt. Als die Angst sich einigermaßen gelegt hatte, machten sich einige Dorfbewohner daran, das Dorf zu durchsuchen, und in der Kirche wurde eine Art Versammlung abgehalten, um festzustellen, wer möglicherweise fehlte: es fehlte aber niemand, außer einem Studenten, der mittlerweile in der Stadt wohnte, und einem Alten, den man vor einigen Tagen ins Krankenhaus eines Nachbarorts gebracht hatte. Jemand sprach von Gespenstern, Ogern und wilden Tieren; aber dies war kein Land der wilden Tiere, und Oger und Gespenster wurden nicht einmal mehr von den Kindern akzeptiert. Man durchsuchte alle verlassenen Häuser und einsamen Orte; man schickte Hunde aus, die jedoch keine Anzeichen von Unruhe zeigten. Einige drangen in die Umgebung vor und stöberten im Unterholz; auch der Grund eines bescheidenen Wasserlaufs wurde erforscht. Am späten Nachmittag begann die Aufregung sich zu legen; die Männer kehrten zurück und versicherten, daß es keinerlei Spuren von etwas Außergewöhnlichem und auch keine Anzeichen von unnatürlichen Ereignissen gab. Es blieb eine vage Unruhe, aber gegen Abend begannen die Kinder wieder, auf der Straße zu spielen. Gruppen von Dörflern liefen durch die Straßen des Dorfs, doch dann wurden sie müde und gingen nach Hause. Die sechs offiziellen Brautpaare begegneten sich mit zärtlicher Bangigkeit. Das Nachtmahl war ruhig und es folgte ein milder und heiterer Abend. Allmählich war der Schrei nur noch eine Erinnerung, die zwar schrecklich war, aber nicht mehr nachempfunden werden konnte. Schrecklich? Vielleicht nur eine ganz natürliche Seltsamkeit: viele hatten bereits vergessen, daß jener Schrei eine Stimme besaß. Bei Anbruch der Nacht wurden die Lichter gelöscht und die Fenster geschlossen. Niemand wußte zu diesem Zeitpunkt, daß im Herzen der Nacht – genau um zwei Uhr fünfzehn – der Schrei sich wiederholen würde.

74 EIN ruhiger Herr von gediegener Bildung schritt durch eine stille, baumbeschattete Allee, als er an seiner Seite plötzlich ein Summen wie von etwas Kreisendem vernahm. Er drehte sich um und sah, wie sich im Boden ein trichterförmiger Schlund öffnete. Der Schlund kreiste und vergrößerte sich langsam, bis er eine Breite von etwa zwei Metern erreichte, und fuhr fort zu kreisen. Der Herr, dem es nicht an Beobachtungsgabe fehlte, bemerkte, daß der Schlund nicht stationär war, sondern – so unwahrscheinlich das klingt – sich von der Stelle bewegte, oder genauer gesagt: sich mit ihm zusammen fortbewegte. Er ging ein paar Schritte weiter und der Schlund begleitete ihn, wobei er ihn, wie man sagt, zu seiner Linken gehen ließ, was den ruhigen Herrn auf den Gedanken brachte, es könnte sich um einen weiblichen Schlund handeln. Aber dann stellte der Schlund sich plötzlich vor ihn, fast als wollte er ihn in seinen Krater stürzen lassen, und er mußte stehenbleiben. Im Grunde war er sich aber gar nicht sicher, ob der Schlund die Absicht hatte, ihn einzusaugen und zu verschlingen, aber zweifellos machte es ihm Freude, ein Gefühl der Unsicherheit und der unmittelbaren Bedrohung in ihm zu wecken. Der Herr mit der gediegenen Bildung hatte von SCHUTZSCHLÜNDEN reden hören, die in alten Zeiten die Wüstenmönche begleiteten, wobei sie ihnen ein zweifaches Gefühl vermittelten: geleitet und gefährdet zu sein. Er wußte nicht, ob es noch SCHUTZSCHLÜNDE gab. Vielleicht war dieser ein Exempel dafür; womöglich ein verspätetes; oder ein erstes Anzeichen für eine Wiedergeburt der

SCHLÜNDE. Er ging weiter – vorsichtig, aber zunächst noch ohne Furcht. Er begann erst nervös zu werden, als der SCHLUND an seine linke Seite überwechselte, ihn dann an den Fersen streifte, sich mit einem Sprung entfernte, ihm erneut auf den Leib rückte und einen Zentimeter von seinen Füßen entfernt stehen blieb. Der Herr war jetzt weniger ruhig, doch hatte ihn eine gewisse Neugier beschlichen. So kam es, daß er sich an den SCHLUND wandte und ihn respektvoll fragte, ob er von Gott gesandt sei. Der SCHLUND schien überrascht darüber, daß man das Wort an ihn richtete, und der Herr hatte den Eindruck, daß er errötete. Wahrscheinlich, dachte er, habe ich mich unkorrekt benommen; ich kann aber sagen, daß die Schuld einzig und allein beim SCHLUND liegt. Es mußte sich um einen leichtfertigen SCHLUND handeln. Er fragte ihn – nicht ohne einen Anflug von Unverschämtheit – ob sie einander schon früher begegnet wären und ob sie Grund hätten, sich zu einer gewissen Intimität berechtigt zu fühlen. Nach kurzem Zögern machte der SCHLUND – nicht ohne Anmut – eine verneinende Gebärde. Da ging der Herr geradewegs auf den SCHLUND zu, der jetzt zurückwich, sich abseits stellte und den Herrn gedankenvoll ansah. Der Herr setzte seinen Weg fort und als er merkte, daß der SCHLUND davon abgelassen hatte ihm zu folgen, verspürte er eine akute, senile Betrübnis.

75 EINE Frau hat eine Kugel geboren. Es handelt sich um einen Globus mit einem Durchmesser von zwanzig Zentimetern. Die Geburt war einfach, ohne Komplikationen. Man weiß nicht, ob die Frau verheiratet ist oder nicht. Ein Ehemann hätte vielleicht ein Verhältnis mit einem Dämon vermutet und sie weggejagt oder sie womöglich mit dem Hammer erschlagen. Sie hat also keinen Ehemann. Man sagt, sie sei Jungfrau. Jedenfalls ist sie eine gute Mutter: sie hängt sehr an der Kugel. Da die Kugel keinen Mund hat, nährt die Mutter sie, indem sie sie in eine winzige mit ihrer Milch gefüllte Wanne taucht; das Wännchen ist mit Blumen verziert. Die Kugel ist vollkommen glatt. Sie hat weder Augen noch Fortbewegungsorgane; trotzdem rollt sie durchs Zimmer und steigt die Treppe hinauf, leicht hüpfend und mit großer Anmut. Sie besteht aus einer Materie, die härter ist als Fleisch, aber nicht gänzlich unelastisch. In ihren Bewegungen verrät sich ein entschlossener Wille, etwas, das man auch Klarheit der Ideen nennen könnte. Die Mutter wäscht und nährt sie täglich. In Wirklichkeit ist sie aber nie schmutzig. Allem Anschein nach schläft sie nie, trotzdem stört sie die Mutter nicht: sie gibt keinerlei Laute von sich. Jedenfalls glaubt die Mutter zu wissen, daß die Kugel sich in gewissen Augenblicken danach sehnt, von der Mutter berührt zu werden; ihre Oberfläche erscheint ihr in solchen Augenblicken weicher. Die Leute meiden die Frau, die eine Kugel geboren hat, aber die Frau merkt das nicht. Den ganzen Tag und die ganze Nacht kreist ihr Leben um die pathetische Perfektion der Kugel. Sie weiß, daß diese Kugel, so frühreif sie auch sein mag, außerordentlich jung ist. Langsam sieht sie sie wachsen. Nach drei Monaten ist ihr Durchmesser um fast fünf Zentimeter gewachsen; zuweilen nimmt die Oberfläche, die für gewöhnlich grau ist, eine rosaschimmernde Färbung an. Die Mutter bringt der Kugel nichts bei, sondern bemüht sich, von ihr zu lernen: sie verfolgt ihre Bewegungen und versucht zu verstehen, ob sie etwas »zu sagen hat«. Ihr Eindruck ist, daß die Kugel nichts zu sagen hat, ihr aber trotzdem gehört. Die Mutter weiß, daß die Kugel nicht immer in ihrem Haus bleiben wird; aber gerade das interessiert sie: in eine zugleich bestürzende und völlig ruhige Angelegenheit verwickelt zu sein. An warmen und sonnigen Tagen nimmt sie die Kugel auf den Arm und geht mit ihr ums Haus; manchmal wagt sie sich bis zu einem kleinen Park vor und hat den Eindruck, daß die Leute sich an sie und ihre Kugel gewöhnen. Es gefällt ihr, sie auf den Anlagen rollen zu lassen, sie dann zu verfolgen und mit einer Gebärde erschrockener Leidenschaftlichkeit wieder einzufangen. Die Mutter liebt die Kugel und fragt sich, ob je eine Frau so sehr Mutter war wie sie.

76 IN dieser Straße, im Eckhaus, wohnt der MÖRDER; genau gegenüber wohnt der DIEB, ein wenig weiter unten der VERLIEBTE, und ganz am Ende lebt – allein – die KÖNIGIN. Der Tag ist düster und die Sonne hat keine rechte Lust, bis in diese Straße vorzudringen; es ist auch wirklich eine erbärmliche Straße. Der MÖRDER ist ein ruhiger Mann und wäre gütig und freundlich, wäre ihm nicht dieser Beruf beschieden, den er im übrigen liebt. Natürlich hat er nie jemanden getötet aber seine Tage sind ganz und gar der Planung grausamer Morde gewidmet, und in seinem Haus hat er Waffen aller Gattungen gehortet, die er nicht zu handhaben weiß. Für all das bezieht er eine bescheidene Pension – adressiert an den HERRN MÖRDER. Die Tatsache, daß er MÖRDER ist, gewährt ihm bestimmt Erfahrungen, die ihm sonst verwehrt wären: die Gefühle der Schuld, die Angst, entdeckt zu werden, die Notwendigkeit jede Spur zu verwischen, die Reue und die Hoffnung auf eine letztendliche Läuterung. Er verläßt sein Haus nur nachts, wenn er sicher sein kann, daß niemand auf der Straße ist: er liebt die Regennächte. Um zu überleben, verläßt er sich auf die Gefälligkeit des DIEBS, der noch nie etwas gestohlen hat, aber bereit ist, alle Aufträge auszuführen, die der MÖRDER ihm suggeriert. Der DIEB ist mager, zart, unterwürfig und still; er kann sich unmittelbar hinter eine Katze stellen, ohne daß sie es merkt. Seine Hände sind genau, elegant, sachkundig, er wird jedoch nie etwas stehlen; er liebt die Mischung von Stolz und Unsicherheit, die das Kapital des Diebs ausmacht. Er ist ständig zur Flucht bereit, aber mutig und hoheitsvoll wie ein Ritter; er versteht es zu lügen, aber er lügt nicht; er versteht es, jedes Schloß zu öffnen, aber bereits eine angelehnte Tür gebietet ihm Einhalt. Trotzdem wird ihm nie jemand das Glück stehlen können, daß er der DIEB ist. Der VERLIEBTE liebt, hat aber keine Frau zum Lieben. Also seufzt er und schreibt zarte Poesien, die er dem DIEB vorliest, der ein gutes Ohr für den Rhythmus besitzt. Er hat ein wunderschönes Hochzeitsgewand bereit, das langsam im Schrank vermodert. Er kauft täglich Blumen und läßt sie verwelken. Er ist unglücklich und freut sich darüber. Zuweilen sitzen der DIEB, der MÖRDER und der VERLIEBTE an einer einfachen nächtlichen Tafel zusammen und sprechen über die KÖNIGIN; sie haben alle einen großen Respekt vor der KÖNIGIN, die keiner je gesehen hat. Sie glauben, daß ihre Unsichtbarkeit ein Zeichen großer Vornehmheit sei, und der MÖRDER betrachtet sich als ihre Leibgarde, der DIEB als ihren Minister, und der VERLIEBTE als ihren Prinzgemahl. Zuweilen hegen sie den Verdacht, daß die KÖNIGIN tot sei, was noch vornehmer wäre, oder daß sie nie existiert habe, was die Vornehmheit schlechthin bedeutete. Doch an diesem Punkt fühlen sie sich – die drei – überflüssig und schweigen.

77 IN dieser Stadt besitzt jeder etwas, das für einen anderen unentbehrlich ist, während der Inhaber nichts damit anfangen kann oder gar nicht einmal weiß, daß er es hat; alle wissen, daß ihnen etwas gänzlich unentbehrliches fehlt, aber niemand weiß, wer es hat und ob derjenige, der es hat, davon weiß und ob er, falls er davon weiß, bereit wäre, es abzutreten. Hinzu kommt, daß es, soweit man unterrichtet ist, nie vorkommt, daß zwei Personen jeweils dasjenige haben, was für den anderen unentbehrlich ist, wodurch die Situation – vorausgesetzt sie erkennten einander – eine relativ einfache wäre, indem sie sich auf einen paritätischen Tausch beschränkte. Also: wer etwas hat, das für einen anderen unentbehrlich ist, der hätte keinerlei Interesse es abzugeben, es sei denn jener andere wäre in der Lage, ihm dasjenige zu verschaffen, was für ihn unentbehrlich ist. Daraus ergibt sich, daß wer immer ernstlich das haben möchte, was für ihn unentbehrlich ist, nicht so sehr – oder jedenfalls nicht nur – denjenigen suchen muß, der dasjenige hat, was für ihn unentbehrlich ist, sondern auch oder in erster Linie denjenigen, der seiner Meinung nach dasjenige hat, was für denjenigen unentbehrlich ist, der dasjenige hat, was für den Bettelnden unentbehrlich ist. Auf diese Weise hat sich in der Stadt ein ganzes System von Betteleien, Umfragen, Ermittlungen, Fahndungen und Almosensammlungen gebildet, in das alle verwickelt sind, aber auf indirekte Weise. Hier erhebt sich nun eine Frage: auf welche Weise kann der Bettelnde erfahren, was wohl für denjenigen unentbehrlich ist, der dasjenige hat, was für den Bettelnden unentbehrlich ist? In Wirklichkeit gibt es keine sicheren Regeln, doch hat sich nach und nach eine Art des Ratens und Folgerns herausgebildet, die etwa nach folgendem Schema verläuft: etwas ist unentbehrlich für mich, ist aber nicht unentbehrlich für denjenigen, der es hat; wenn nun das, was für mich unentbehrlich ist, für ihn nutzlos ist, dann bedeutet das, daß er etwas braucht, das demjenigen, das für mich unentbehrlich ist und auch allem anderen, das ich habe, wesensfremd ist und doch auf irgendeine Weise an das eine oder das andere grenzt. So glauben einige durch Selbstanalyse herausfinden zu können, was – wenigstens ungefähr – für den anderen unentbehrlich ist. An diesem Punkt aber muß die Person gefunden werden, die diese unentbehrliche Sache hat, aber ihrerseits nur dann ein Interesse besitzt sie abzutreten, wenn ihr die Sache verschafft wird, die für sie unentbehrlich ist. Das Problem könnte unlösbar erscheinen,

doch da es sich um unentbehrliche Dinge handelt, kann niemand darauf verzichten, nach einer Lösung zu suchen, und die Suche nach dem Unentbehrlichen wird schließlich ihrerseits unentbehrlich, und es ist nicht ganz klar, ob man sich in dieser Stadt diesbezüglich einen Folgeschluß wünscht.

78 DER nachdenkliche Mann auf dem leeren Platz wird von einer gleichzeitig unbestimmten und beunruhigenden Frage gequält; er hat das Gefühl, irgendeine Geste, eine Wahl, eine Prinzipientreue unterlassen zu haben – die er im übrigen nie verkündet hat – oder einfach einen Brief nicht beantwortet oder ein Verbrechen nicht verhindert zu haben, bei dem er de facto Mittäter wurde, oder eine Sprache, die ihm den Zugang zu den entscheidenden Büchern seines Lebens verschafft hätte, nicht gelernt, einer Verpflichtung, die er nicht vergessen aber auch nicht erinnern kann, nicht nachgekommen zu sein, kurz: eine Geste nicht ausgeführt zu haben, die zwar selbstverständlich und banal war, die aber alle – im absoluten Sinn des Wortes *alle* von ihm verlangten. Der Mann hat also noch nicht einmal einen Begriff davon, ob das, was er unterlassen hat und was dunkel mit seiner Qual verbunden ist, etwas in der Zeit Ausgedehntes oder etwas beinahe Augenblickliches ist, die Sache eines großen Augenblicks, oder eine unbedeutende und minimale Geste, die indes ihre eigene und absolute Würde besitzt, insofern sie ein Teil seines Schicksals ist. Er ist sicher, daß er keine Taten begangen hat, die ihn jetzt durch ihre unvergeßliche und bedrängende Präsenz quälen könnten; er ist sicher, daß sein extremes Unglück von einer Unterlassung abhängt, die ihm weder in Erinnerung gebracht noch verziehen wird. Es ist wahrscheinlich, daß diese Unterlassung seine Lebensgeschichte endgültig verändert hat und daß das, was einst ein dramatisches aber sinnvolles Schicksal war, jetzt daliegt wie ein zerfallenes Zeichen, ein Haufen von Lumpen und Müll. Durch diese Unterlassung hat er ein kompliziertes Geflecht von Begebenheiten jeglichen Sinns beraubt; er hat seine eigene Geschichte in Stücke zerlegt, und keine Macht der Welt könnte diesem

Lebenslauf noch einmal einen geradlinigen Sinn geben. Wenn ihm die Unterlassung wieder einfiele, dann würde er versuchen, sie wieder gutzumachen; es ist aber nicht ausgeschlossen, daß die Unterlassung sich auf eine Begebenheit oder eine Geste oder ein Wort aus längst vergangener Zeit bezieht – etwas, das mittlerweile das Entsetzen der eigenen Abwesenheit bis zur Neige ausgekostet und Schäden angerichtet hat, die irreparabel sind. In diesem Falle wäre die Sinnlosigkeit des Lebens, das er lebt, unwiderruflich, und es bliebe ihm nichts anderes übrig, als weiterhin an jener unbekannten und unwiederbringlichen Unterlassung zu leiden. Langsam macht der Mann sich auf den Weg: er wird jetzt zum FOLTERER gehen, auf daß er ihn der FOLTER unterziehe – mit der winzigen Hoffnung, daß er, vom Schmerz erdrückt, sich selbst die Unterlassung eingestehen möge, die den mittelmäßigen Stoff seines Lebens zerschleißt.

79 DER Herrscher, der ihn wegen eines auf höchst ungenaue und zugleich bedrohliche Weise gekennzeichneten Verbrechens verurteilt hat, hält ihn in einer äußerst stattlichen Wohnung gefangen: mit Vorhängen, Musikanten und phantastisch geformten Vitrinen erlesener Machart, die mit Karaffen erlesener Weine und Konfekt gefüllt sind. Der Verurteilte liest rare, in einer kostbaren Bibliothek aufbewahrte Bücher und betrachtet Kunstwerke – neoklassische Statuen und expressionistische Bilder – die häufig ausgewechselt werden, ebenso wie die Lichteffekte und die Springbrunnen im Garten häufig wechseln, der reich geschmückt ist mit edlen, vielleicht etwas allzu strengen Blumen – aber schließlich ist er ja ein Verurteilter. Er weiß nicht, für welches Verbrechen er verurteilt wurde und kann nicht umhin, über sein Gefängnis zu staunen, aus dem er zwar nicht heraus kann, das aber weiträumig und elegant ist – nur etwas einsam. Im übrigen ist nicht gesagt, daß er auf keine Weise heraus kann, zumal der Herrscher seine absonderlichen Launen hat. Es gibt eine Tür und die muß er zunächst einmal finden. Die Wohnung hat Dutzende von Türen, die auf eine Wand führen; andere Dutzende führen in verlassene Zimmer ohne Ausgang zu anderen Räumen, wieder andere in Zimmer, die durch weitere Türen in ein Zimmer führen, das durch eine Tür ins Ausgangszimmer zurückführt; so entsteht ein kleines Labyrinth. Jede Tür ist mit einem Schlüssel verschlossen, und den Schlüssel hat er nicht; es gibt aber auch Türen, die sich nicht durch einen Schlüssel öffnen lassen, sondern nur durch laut ausgesprochene mündliche Befehle. Auch diese Türen haben ein Schloß, aber ein illusorisches. Man hat ihm nicht gesagt, ob die Tür, die in die Freiheit führt, mit einem Schlüssel verschlossen oder vermittels Worten zu öffnen ist. Im letzteren Fall müßte er die Formel finden, bei der die Tür aufspringt. Wenn er darum bittet, dann wird ihm ein Couvert überreicht, das eine Reihe von Fragen enthält, aus deren Antworten er die befreiende Formel ableiten soll. Die Fragen wechseln täglich und sind scheinbar leicht; griechische Mythen (nicht die geläufigsten), Heiligenlegenden, Kindheitserinnerungen des Verurteilten, Zahlen und ihre Bedeutung, lateinische Palindromverse zum Übersetzen (ohne die Form zu verändern), kryptische Anamorphosen, Klassikerzitate. Es handelt sich um ein Spiel. Der Gefangene fühlt sich geschmeichelt und freut sich beinahe, daß seine Freiheit von den Launen eines so gebildeten Fürsten abhängt. Wäre da nicht die Tatsache, daß sein prunkvoll gekleideter Körper von Ungeziefer wimmelt, dann würde er darauf verzichten, jene Tür zu suchen.

80 ALS er zum Wärter der öffentlichen Bedürfnisanstalt ernannt wurde, empfand er zunächst eine gewisse Erniedrigung; und gewiß: seine Aufgabe war und ist eine niedrige. Er muß Kacheln putzen, Wasser aufwischen, denen, die danach verlangen, Toilettenpapier reichen, den anspruchsvolleren Kunden die Toilette mit dem Bidet öffnen. Auf der sozialen Leiter der Gesellschaft, in der er lebt, stand und steht er auf einer sehr tiefen Stufe – sehr viel tiefer als der Müllmann, der im Freien arbeitet; in der Tat verbringt er viele Stunden am Tag in den Toiletten und bekommt die Sonne nie zu Gesicht, da die Toiletten sich unter der Erde befinden und von morgens bis abends geöffnet sind. Seine Toiletten sind nur männlich, und er ist froh darüber, zumal er einen schüchternen Charakter hat und sehr verlegen wäre, wenn er einer Dame eine Toilette öffnen müßte. Die Räumlichkeiten, in denen er arbeitet, sind feucht und stets lauwarm – mit einer Temperatur, die sich von einer Jahreszeit zur anderen nicht wesentlich ändert; der Service ist nicht perfekt, weil häufig kein

Wasser läuft oder eins der beiden Waschbecken nicht funktioniert, und die Leute, die uriniert haben, stehen dann Schlange, um sich die Hände zu waschen oder gehen mit schmutzigen Händen fort, und das erscheint ihm nicht recht. Er erhält einen Lohn, und wer ins Pissoir hinuntersteigt, gibt ihm für gewöhnlich ein kleines Trinkgeld; trotzdem hat er lange Zeit gelitten. Erst nach und nach hat er angefangen, nicht mehr zu leiden, aber nicht, weil er jetzt die Armseligkeit seiner Arbeit nicht mehr empfindet, sondern weil er sie jetzt ganz einfach als Arbeit empfindet. Er ist sogar so weit gekommen, eine Art Stolz zu verspüren; die Tatsache, daß er auf der gesellschaftlichen Leiter eine so tiefe Stufe einnimmt, verleiht ihm eine gewisse Würde, zumal es in der ganzen Stadt wahrscheinlich nur ein Dutzend öffentlicher Toilettenwärter gibt und sie den tiefsten Punkt – also einen extremen Punkt – darstellen, und nicht alle Menschen sind fähig, bis zum extremen Punkt von irgendetwas zu gelangen. Und jetzt vollzieht sich in ihm noch eine andere Wandlung: er merkt in der Tat, daß ein Mann, der uriniert, ein Mann, der sich zurückzieht, um sich zu entleeren, etwas gänzlich anderes ist als ein Mann, der durch die Straßen der Stadt schlendert; er ist ein Mann, der nicht lügt, der sich als Kreatur, als Nahrungsdurchgang, als vergänglich erkennt; zugleich sieht er in dem, der da auf die Kacheln gestützt uriniert, den Menschen, der an seinen eigenen Ausscheidungen verzweifelt – an der unheimlichen Effizienz seines Körpers, an der Ungewißheit darüber, was es wohl bedeutet, daß der Mensch seine Genitalien zum Urinieren benützt. Der geringste aller Orte ist zugleich eine Katakombe, und der Wärter der öffentlichen Bedürfnisanstalt merkt, daß die Gebärde des Urinierens ein Flehen enthält, daß die Schande und Wirklichkeit in einem ist, das Geringste und das Höchste; und sein Pissoir ist für ihn jetzt eine Kirche und er selbst ihr Zelebrant.

81 IN der Stadt, in der die BLUTRÜNSTIGE PRINZESSIN regiert, verlieben sich früher oder später alle Männer in die Prinzessin und machen ihre Aufwartung bei Hof, um sie um ihre Hand zu bitten. Sie sagt niemals nein, sondern gibt dem Mann, der sie um ihre Hand bittet, ein Rätsel auf, manchmal ein schwieriges, manchmal ein leichtes – ein richtiggehendes Grundschulrätsel. In jedem Fall macht der Bewerber unausweichlich einen Fehler, vielleicht nur einen ganz unerheblichen, der jedoch der PRINZESSIN nie entgeht, worauf der Bewerber getötet wird. Am nächsten Tag macht ein neuer Heiratskandidat seine Aufwartung und erfährt kein anderes Schicksal. In Wirklichkeit ist die PRINZESSIN eine zarte und liebreiche Frau, die sich nichts Besseres wünscht, als einen jungen Mann ohne Herkunft und Vermögen zu heiraten und sich von ihrer schrecklichen Aufgabe zu befreien, zumal es sich nur um eine aufgezwungene Aufgabe handelt. In der Tat muß die PRINZESSIN dem BLUTRÜNSTIGEN KÖNIG gehorchen, der ihr die Rätsel vorgibt, die Lösungen prüft, den unausweichlichen Fehler aufdeckt und der PRINZESSIN gleichzeitig befiehlt, zur Verurteilung des kühnen Bewerbers fortzuschreiten. Aber der BLUTRÜNSTIGE KÖNIG verwünscht seine Aufgabe gleichfalls und wünscht sich nichts Besseres, als seine Klassiker zu lesen und zu reisen – auf der Suche nach alten Kathedralen und von den Menschen vergessenen Büchern. Am liebsten würde er niemanden töten, und nicht selten weint er gemeinsam mit seiner lieben PRINZESSIN, doch muß er seinerseits dem BLUTRÜNSTIGEN KAISER gehorchen. Der läßt den KÖNIG jede Woche zu sich rufen und fragt ihn, wieviele getötet wurden und auf welche Weise; und während der KÖNIG ihm das schreckliche Los der verwegenen Jünglinge schildert, nickt er zustimmend, so als geschähen die Dinge ganz zu seiner Zufriedenheit; und am Ende gratuliert er dem KÖNIG, der sich in seinem innersten Herzen die Haare rauft und sich und den KAISER verwünscht. Der KAISER ist in Wirklichkeit ein Rauhbein, der die Jagd und das gute und fette Essen liebt, und nach dem Abendessen Wein und Gesang; er spielt gern mit Hunden und Katzen und hält darauf, großzügig gegen die Armen zu sein; aber auch er muß gehorchen. Jeden Monat einmal verläßt er seine Burg und begibt sich mitten in die Berge zu einer Höhle, in die er nicht einzutreten wagt; er bleibt stattdessen auf der Schwelle stehen und berichtet mit lauter Stimme wieviele Leute getötet wurden und wo und wie. Aus dem Inneren der Höhle antwortet eine Stimme mit Geknurr und

Gebrüll, und es könnte ebensogut die Stimme eines Drachens, eines Vulkans oder eines Gespensts sein. Seltsamerweise aber beruhigt sich die Stimme dann wieder und geht in eine Art Gemurmel über, das fast etwas Gutmütiges hat. Daraufhin hüllt sich der KAISER in seinen Mantel, macht sich auf den Rückweg zu seiner Burg und fragt sich dabei, wem er da wohl gehorcht, ob einem Dämon oder Gott, oder ob der, dem er gehorcht, nicht vielleicht seinerseits ein Dämon sei, der einem Gott gehorcht, oder Gott selbst, vom Dämon zum Sklaven gemacht.

82 VON Zeit zu Zeit – sagen wir in einem Rhythmus von zwei- bis dreimal im Monat – empfängt dieser Herr Anrufe, die ihm möglicherweise gar nicht gelten, die ihn aber zuweilen verwirrt, zuweilen verzagt, zuweilen erregt, immer aber traurig gestimmt zurücklassen. Verschiedene Stimmen brechen in sein reichlich isoliertes Leben ein und sprechen ihm zerstreut von Lebensbildern, zu denen er keine Beziehung hat. Nicht selten werden ihm Verbrechen angetragen, Beteiligungen an schmutzigen Taten, betrügerischen Geschäften; man bietet ihm Drogen an, »zuverlässig syphilitische« Frauen und noch warme Leichen von schönen Damen. Er hört entsetzt, feige und erregt zu. Sein ereignisarmes Leben bereichert sich mit einer unheilvollen Pracht und er hat den Eindruck, im Zentrum eines gewaltigen Netzes wundersamer Schandtaten, unendlicher Ruchlosigkeiten, gotteslästerlicher Erscheinungen zu sein. Die Stimmen, die ihn anrufen, wechseln, aber er glaubt, mindestens drei Stimmen wiedererkannt zu haben: eine männliche – eine Jungmännerstimme, die ihm hastige Verabredungen zuweist, er weiß nicht, ob für kleine aber gewagte Diebereien oder für tückischere körperliche Komplizenschaften; die Verabredungen sind immer ungenau, unmöglich einzuhalten, aber in gebieterischem, ungeduldigem Ton gegeben; manchmal geben sie den Ort aber nicht die Stunde an, und der Ort erweist sich als inexistent; andere Male nennen sie den Zeitpunkt in provokatorischer Weise: »Wir sehen uns gestern, auf dem Platz.« Eine andere Stimme ist weiblich und spricht ihm nur von fleischlichem Verkehr, von Betrug, von Flucht, von Mittäterschaft; sie fleht ihn manchmal an, sie aufzunehmen, sie möchte in sein Leben eintreten, und wenn er in Versuchung kommt, dieser stimmlichen Halluzination zu glauben, dann wirft sie ihm männliche Tyrannei und Gefühlsarmut vor und benimmt sich gänzlich wie eine zu Unrecht davongejagte Frau. Manchmal schlägt sie ihm Verabredungen in Häusern vor, die nicht existieren und in die er auch niemals zu gehen versuchte. Die dritte Stimme, eine männliche, erweckt in ihm die Vorstellung eines sehr alten Mannes. Es könnte, so dachte der Mann, die Stimme eines Toten sein, den er gekannt hat. Der Alte redet eintönig von unwichtigen und zufälligen Dingen: vom Wetter, vom Burenkrieg, von Gesellschaftstänzen, die vor vielen Jahren, wahrscheinlich vor Jahrhunderten, Mode waren. Er erwartet offenkundig keine Antwort und seine Rede ist ungenau, wie bei jemandem, der durch Erinnerungen wandert, deren Reihenfolge ihm abhanden gekommen ist. In dieser Stimme glaubt er manchmal Merkmale seines eigenen Tonfalls wiederzuerkennen.

83 DIE beiden Freunde sind durch eine ungewöhnliche Art der Komplizenschaft miteinander verbunden: der erste glaubt, daß er ein Sexbesessener sei, der zweite, daß er an Mordwahn leide. Dieser Umstand, der schon an sich alles andere als langweilig ist, wird durch die Tatsache noch kompliziert, daß sich beide als Ästheten verstehen und somit als Betrachter der eigenen Manie. Daraus ergibt sich, daß dem Sexbesessenen eine eigentümliche Keuschheit eignet und dem Mordbesessenen eine unnatürliche, aber elegante Milde. In der Tat hat jeder der beiden dem anderen die Aufgabe anvertraut, die eigene Manie zu verfolgen: weshalb es dem Sexbesessenen zufällt, die Mordbesessenheit seines Freundes zu befriedigen und dem Mordbesessenen, die Sexbesessenheit seines Kameraden auszuleben. Natürlich ist der Mordbesessene im Gewand des Sexbesessenen völlig untauglich, was sein Freund ganz genau weiß; desgleichen wäre der Sexbesessene nicht in der Lage, auch nur den bescheidensten und nächstliegenden Mord zu begehen. Sie haben deshalb beschlossen, einander blind zu vertrauen: der Sexbesessene bittet den Mordbesessenen, irgendeine Ruchlosigkeit zu begehen, und dieser ist einverstanden; im Laufe von vierundzwanzig Stunden kommt er zurück, um

Meldung zu erstatten, und berichtet von Vergewaltigungen, Orgien, gedemütigten jungen Mädchen; natürlich hat er nichts von alledem getan, schon die Vorstellung erfüllt ihn mit Grauen, und wenn er eine Dame von einem Wüstling bedroht sähe, würde er ihr sogleich zuhilfeeilen wie ein altertümlicher Ritter; aber aufgrund der Zuneigung die ihn an seinen Freund bindet, ist er bereit, sich als gemeiner Verbrecher auszugeben; der Sexbesessene seinerseits wird ihm an einem der nächsten Tage haargenau ein grauenvolles und abgefeimtes Verbrechen beschreiben, das unter so spitzfindigen und einfallsreichen und im übrigen gänzlich unwahrscheinlichen Umständen verübt wurde, daß keine Zeitung davon berichten wird, es sei denn mit Jahren der Verspätung. Auf diese Weise erlebt der Mordbesessene ein paar Tage vollkommenen Glücks und beschenkt die Armen und läßt der Pfarrei eine Spende zukommen, als Dank dafür, daß er einem so lieben Freund begegnen durfte. In Wirklichkeit weiß jeder der beiden, daß sein Freund gänzlich unschuldig ist, macht sich aber zugleich klar, daß eine Freundschaft zwischen zwei Unschuldigen den Abgründen ihrer Seelen nicht entspräche; sie haben deshalb insgeheim beschlossen, daß jeder die schwarze Seele des anderen sei, denn nur auf diese Weise können sie eine zarte, fürsorgliche und aufmerksame Freundschaft pflegen.

84 ER erwacht mitten in der Nacht im plötzlichen klaren Bewußtsein, nie etwas von den ALLEGORIEN seines Lebens verstanden zu haben. Das ganze Leben ist ein Netz von ALLEGORIEN, und jetzt, im Dunkeln, versucht er zum ersten Mal, einige davon zu entschlüsseln. Zuerst seine Frau, die neben ihm schläft. Ist sie vielleicht die ALLEGORIE DER GERECHTIGKEIT? DER DISZIPLIN? Er wird nicht klug daraus, sieht aber zu seiner Frau, die er kaum erkennen kann, mit einem Gefühl der Vorsicht hinüber, wie wenn er neben etwas Riesigem läge. Vielleicht kann man im Lauf des Lebens die ALLEGORIE wechseln? Vielleicht war seine Frau früher die ALLEGORIE DES LEBENS ALS BEDEUTUNG und lebt jetzt als WELTORDNUNG fort? Und in welchem Bild erscheint die feierliche und strenge Figur der Ehefrau? In was hat sich die ALLEGORIE DER BEDEUTUNG verwandelt? Er denkt jetzt an seine beiden Kinder: zusammen könnten sie die

ALLEGORIE DER ZUKUNFT sein und folglich könnte ihnen – ohne ihr Wissen – die ALLEGORIE DER BEDEUTUNG übertragen worden sein. Es sind aber zwei – ein Junge und ein Mädchen. Der Junge könnte die ALLEGORIE DER KRAFT sein, der ERBAUER; er bezweifelt es jedoch – vermutlich ist er die ALLEGORIE DES SPIELS. Und die Tochter? Einen Augenblick lang denkt er, sie könnte die ALLEGORIE DES TROSTREICHEN TODES sein. Aber wahrscheinlich gehört seine Tochter gar nicht demselben Allegoriensystem an, in dem er lebt, und bereitet sich schon darauf vor, einem anderen System beizutreten, wo sie ihre allegorische Karriere als ALLEGORIE DER BEDEUTUNG beginnen wird. Mit leichtem Unbehagen denkt er an die Frau, mit der er eine mehr oder weniger heimliche Beziehung hat; ist sie die ALLEGORIE DER DEMUT – oder der DEMÜTIGUNG? Er denkt an andere Frauen zurück – abgelegt in einer freudlosen Vergangenheit – und glaubt, das LEBEN als Das Böse, Das Naheliegende, die Unmögliche Mühelosigkeit, Die Abwesenheit wiederzuerkennen. Ganz weit unten entdeckt er die unvergessene KRANKHEIT DER GEBURT. Er denkt an seinen Vater zurück als ALLEGORIE DER LANGSAMKEIT und an die Mutter als – als was? Als FALSCHE VORSEHUNG? Gibt es das überhaupt? Und er – der Wachende in der Nacht – was mag er sein als ALLEGORIE? Vielleicht könnte seine Frau, vielleicht auch die andere Frau ihm helfen, sich zu interpretieren. Allein gelingt es ihm nicht, sich selbst zu sehen, er kann lediglich seinen eigenen todgeweihten Körper berühren. Wie stirbt eine ALLEGORIE? Er schüttelt den Kopf; schon seit längerem hat er jede Achtung vor sich verloren; vermutlich, so argwöhnt er, ist er die ALLEGORIE DER UNFÄHIGKEIT, DIE ALLEGORIEN ZU VERSTEHEN.

85 ERWACHEN. Er erwacht immer mit einem Gefühl der Desorientierung. Die Desorientierung rührt nicht vom Zweifel über den Ort her, an dem er sich befindet, sondern von der absoluten Gewißheit darüber. Er befindet sich in seiner Wohnung, in der er seit vielen Jahren lebt. Die Tatsache, daß er dort aufwacht, an einem Ort, den er bereits als gleichgültig erfahren hat, langweilt ihn und stört ihn ein wenig, gleich einer Miniaturverzweiflung, wie sie für ein Insekt anwendbar wäre. In der Nacht hat er nicht das Glück erfahren, sondern die Beziehung zu etwas Zentralem.

Er hat geträumt, und auch wenn seine Träume, wie er sie jetzt erinnert, ihm sinnlos erscheinen – im Augenblick als er sie träumte, waren sie zentral; das Zentrum liegt also – vom Blickpunkt des Wachenden her – in der Sinnabwesenheit. Er denkt an seine Träume, an die unvorhersehbaren Zwischenfälle, an die Figuren, die er auftauchen und verschwinden sieht in einem prächtigen und undurchdringlichen Stoff. Wiederum hat er das Empfinden, daß die Bedeutung in der halluzinierten Nacht liegt und daß die Welt, in die er jeden Morgen zurückkehrt, schlicht die Sinnabwesenheit ist. Die Sinnabwesenheit ist kohärent und vorhersehbar, das Sinnvolle dagegen rätselhaft und abweisend. Wo man nichts versteht, ist man nahe dem Zentrum; wo man etwas versteht, ist man an der äußersten Peripherie, ist man draußen. Er möchte den Tag mit einem Gebet beginnen; er weiß nicht, was und wie er beten soll, aber er weiß, was er mit einem Gebet intendiert: er möchte die Inkohärenz der sinnvollen Halluzination in die Kohärenz des Tages einbringen. Vielleicht könnte er sinnlose Worte sprechen oder nur Töne von sich geben. Da er aber wach ist, kann er nicht so tun, als wäre er woanders – im Zentrum der Welt, wo alles Vorstellung ist. Sein Tag beginnt mit seiner persönlichen Toilette und der Entleerung seines Darms; zusammen mit den Exkrementen stößt er die Bedeutungen aus, die seinen Körper während der Nacht vergiftet haben. Manchmal fragt er sich, ob in seinem Kot nicht außergewöhnliche Vorstellungen verborgen sind. Er muß jetzt aufstehen, und er weiß nicht aus welchem Motiv, aber er wird stets – was immer der Tag ihm bringen mag – wesentlich in Erwartung sein. Am Morgen bereitet er sich auf jenen unerforschlichen Augenblick des Tages vor, jenen Augenblick des Friedens und der Einsamkeit, in welchem er darauf wartet, in die Nacht einzutreten – zugelassen zu werden zu dem Ort, wo man die verformten und unleserlichen Vorstellungen des Zentrums verfolgt.

86 ER fragt sich oft, ob das Problem seiner Beziehung zur Kugel nicht von Natur aus unlösbar sei. Die Kugel befindet sich nicht immer effektiv vor seinen Augen, aber auch wenn sie sich entfernt, auch wenn sie sich zurückzieht oder sich versteckt, wirkt sie weiter, und er spürt, daß das Universum gerade darum seine gewisse Form hat, weil es die Kugel beherbergen muß. Manchmal, gleich nach dem Erwachen, im halbdunklen Zimmer – der Tag hat für alle bereits begonnen, aber er liebt es, nicht so sehr spät als verspätet aufzustehen – schwebt die Kugel in der Mitte des Zimmers; er betrachtet sie aufmerksam, denn die Kugel erheischt Aufmerksamkeit wie eine Frage. Die Kugel hat nicht immer die gleiche Farbe: sie changiert von Grau nach Schwarz: zuweilen – und das sind die beunruhigendsten Momente – stülpt sich die Kugel um, und an ihrer Stelle erscheint eine kugelförmige Höhlung, eine gänzlich lichtlose Leere. Manchmal bleibt die Kugel einige Tage lang fort; aber selten mehr als etwa zehn Tage. Plötzlich taucht sie zu irgendeiner beliebigen Stunde wieder auf, ohne ersichtlichen Grund, so als kehrte sie gerade von einer Reise zurück, einer leicht schuldhaften, aber vereinbarten Abwesenheit. Er hat den Eindruck, daß die Kugel so tut, als bäte sie um Entschuldigung, während sie in Wirklichkeit ironisch und – wenn auch in unschuldiger Weise – bösartig ist. Früher hat er versucht, diese abstoßende Gegenwart gewaltsam aus seinem Leben zu entfernen; aber die Kugel ist schweigsam und ungreifbar – außer wenn sie sich entschließt, selbst zuzuschlagen; dann erzeugt sie an dem Punkt des Körpers, den sie berührt, einen dumpfen, dunklen, durchdringenden Schmerz. Aber der für die Feindlichkeit der Kugel bezeichnendste Akt besteht darin, sich zwischen ihn und etwas anderes zu stellen, das er gern sehen möchte; in diesem Fall ist die Kugel fähig, winzig klein zu werden – ein unruhiges Bällchen, das vor seinen Augen hin und her tanzt. Er ist immer noch in Versuchung, der Kugel mit plötzlicher Brutalität zu begegnen, so als wüßte er nicht, daß sie gar nicht so beschaffen ist, daß man sie treffen kann; oder er denkt daran zu fliehen und ein neues Leben zu beginnen, an einem Ort, den die Kugel nicht kennt. Er glaubt jedoch nicht, daß dies möglich sei; er denkt vielmehr, daß er die Kugel überreden muß, nicht mehr zu existieren, und er weiß, daß diese langsame Verführung zum Nichts ein labyrinthischer, langsamer, geduldiger und bis ins kleinste listenreicher Weg ist.

87 DASS jener Mann sich unbehaglich fühlt, sieht man ganz deutlich: er ist rastlos; er geht, bleibt stehen, balanciert auf einem Bein, rennt wieder los; jetzt steht er gerade an einer Straßenecke und blickt zaghaft in die nächste Straße hinein; er seufzt und lehnt sich an die Mauer. In Wirklichkeit ist er äußerst unzufrieden mit seinem Leben, hat aber über die Ursprünge solcher Unzufriedenheit nur sehr verworrene Ideen. Es könnte, hat er gedacht, auch der Gebrauch der Zeit sein. Die Zeit hat keine Regeln, tut aber so, als hätte sie welche. Nichts ist schwieriger, als mit der Zeit umzugehen. An gewissen Tagen laufen die Sekunden davon – wie Flüchtige aus einer als Gefängnis zurechtgemachten Sanduhr; aber oft sind sie unterschiedlich groß und im Lebensvollzug stolpert er ständig darüber. Er denkt, daß er noch viele Jahre zu leben hat, und er weiß nicht, wie lang sie sein werden. Er drückt auf die imaginären Knöpfe der Zeit, und siehe da, sie steht auf einmal gänzlich still; von einer Stunde zur anderen vergehen zehn Stunden; die Sekunden sind so lang wie eine Straße, und eine Straße besteht bekanntlich immer aus Viertelstunden, aber vier Straßen ergeben keine Stunde, sie ergeben sechs Tage. Der siebte ist ein Platz, und wie immer du ihn überquerst, machst du's falsch. Er hat versucht, die Zukunft abzurichten und sie in einen weniger ermüdenden Rhythmus zu zwingen. Er hat eine große Uhr gekauft, um der Zeit die Zeit beizubringen, aber die Zeit lernt sich nicht selbst. Wenn er auf einen anderen Knopf drückt, dann rennt die Zeit, läuft davon, flieht. Die Straßen verkürzen sich, und wenn er nicht augenblicklich bremst, dann ist sein Leben in einer Woche zuende und er hat nichts getan, um seine Geburt zu rechtfertigen. Man müßte eine Uhr erfinden, die imstande ist, die Zeit einzufangen und zu zwingen, gleichen Schritt zu halten, immer, jeden Tag, das ganze Leben lang. Er wäre aber der erste, der eine solche Uhr in Stücke schlagen würde. Also bleibt ihm nichts anderes übrig, als vorläufige Abmachungen zu treffen, die noch dazu unzuverlässig sind, da die Zeit sich an keine Abmachungen hält – nicht etwa weil sie unredlich wäre, sondern weil sie ihrerseits ein Opfer der Zeit ist. In Wirklichkeit – so argwöhnt der unzufriedene Herr seit einiger Zeit – ist auch die Zeit unzufrieden mit sich selbst, ist aber nicht imstande, das eigene Unbehagen zu lösen, da sie kein Mittel besitzt um sich zu messen außer sich selbst; das Ergebnis ist natürlich unnötig genau, und die Zeit weiß nie, ob sie rennt, trödelt oder

stillsteht. Deshalb entschuldigt die Zeit sich fortwährend bei allen, ohne überhaupt zu wissen, ob es vernünftig ist, daß sie sich entschuldigt.

88 IN der halbverlassenen, durch die Pest und die Geschichte verwüsteten Stadt leben nur wenige Personen, die überdies ständig ihren Wohnsitz wechseln. Die finstere Geschichte der Stadt hat dazu geführt, daß die Überlebenden und die wenigen, die herbeigeeilt sind, um sie zu bewohnen, zu einer abstrakten und meditativen Geisteshaltung neigen. Da es unzählige – wenn auch alle ein wenig baufällige – Wohnungen gibt, sucht sich jeder die Wohnung, die gerade seiner Laune, seinen Forschungen und seinen Bedrängnissen entspricht. Ein grauhaariger Herr – einst Koch bei einem mittlerweile verstorbenen König – liebt es, in einem fünfstöckigen Gebäude mit dreißig Zimmern pro Stockwerk zu leben. Wenn er sich für Geschichte interessiert, wohnt er im ersten Stock, im zweiten, wenn er über die Vorsehung meditiert, im dritten rekonstruiert und interpretiert er seine Träume und seine Vergangenheit, dem vierten widmet er die Metaphysik und dem fünften die Askese. Auf jedem Stockwerk gibt es fünf Schlafzimmer, die er abwechselnd benützt, je nachdem ob er trübe, grimmig, melancholisch, düster oder gleichgültig gestimmt ist; daß er heiter gestimmt sei, ist nicht vorgesehen, aber wenn er es wäre, dann würde er auf dem Fußboden schlafen. Ein winziger und rastloser Herr sucht Häuschen und Hüttchen mit kleinen Zimmern, die er noch weiter verkürzt, indem er Trennwände einzieht; er ist ein leidenschaftlicher Liebhaber von Gemurmel, Geflüster und Geseufze, und das kann er in kleinen Räumen besser hören; er macht sich Notizen für ein großes Werk über die Seufzer; um sicher zu sein, daß er nicht aufhört zu seufzen, züchtet er sorgfältig ein Unglück, das so winzig ist wie er. Der Bürgermeister der Stadt – die in Wirklichkeit gar keinen Bürgermeister hat, aber es wohnt da einer, den sie den »Bürgermeister« nennen, ohne daß er es weiß – hat drei Wohnungen: eine Säule mit einer Wendeltreppe und einem Zimmer an der Spitze; eine Katakombe mit lateinischen Inschriften; einen Löwenkäfig; sie bilden ihm Entsprechungen zu den drei Momenten GEIST, DUNKEL

DES UNBEWUSSTEN und INSTINKTE. Wenn der Wind heftig weht, hört man da und dort ein Einsturzgeräusch, irgendein Haus ist der Zeit anheimgefallen, und dann genügt ein Regenschauer, um es in einen Schlammhaufen zu verwandeln, der die Straße verstopft. Ein beharrlicher Herr – einst Bassetthornist in einem klassischen Orchester – sammelt Bruchstücke von Mauern, Ziegeln und Steinen und will mitten in einem verlassenen Park ein Labyrinth bauen, das in der Mitte ein Haus mit einem einzigen Zimmer hat; er hat einen Plan des Labyrinths gezeichnet, und wenn es fertig ist, wird er ihn den Flammen übergeben. Im allgemeinen gilt sein Verhalten als wenig gesellig.

89 ANFÄNGLICH , als sie sich begegneten, liebten sie sich, weil beide auf verschiedenen Wegen ein extremes und einsames Unglück erfahren hatten. Das Leben der Frau war ein zutiefst bitteres gewesen, das Leben des Mannes von vorzeitigem Mißgeschick verfolgt. Sie vereinigten ihre Bitterkeit und ihr Mißgeschick und versuchten, sich in liebevoller Weise zu helfen und halfen sich, ohne dabei einen Rückgang der Bitterkeit oder eine Wandlung des Mißgeschicks zu erleben. Gestärkt durch die Einzigartigkeit ihrer Verbindung, durch jenes negative Vorzeichen, unter dem sie stand, entfalteten sie rings um ihre Traurigkeit eine beständige, treue und aufmerksame Liebe. Sie trösteten sich – im sicheren Bewußtsein, daß kein Trost möglich sei. Jeder der beiden blieb weiterhin das, was er im vorhergehenden Leben gewesen war, aber gemeinsam lebten sie eine Beziehung, die den Schmerz nicht leugnete, sondern ihn irgendwie verband. Aber die Liebe hat ihre Tücken. Eine Zeitlang ging ihre Liebe – wechselseitig zur Bitterkeit und zum Mißgeschick – noch durch denjenigen hindurch, der in dem jeweiligen Zustand lebte; da dieser Zustand aber die Grundlage, die Garantie und den Sinn ihrer Liebe bildete, begannen sie bald, Bitterkeit bzw. Mißgeschick des anderen unmittelbar zu lieben; sie warfen sich zu gegenseitigen Wächtern auf und begannen achtzugeben, daß der andere sich nicht zu weit von seiner Bedrängnis entfernte. Jeder war eifersüchtig auf den Schmerz des anderen, und in Kürze betrachteten sie bereits den Versuch, sich von dem Schmerz zu entfernen, als Zeichen der

Untreue. Da sie beständige Charaktere waren, lernten sie ein jeder den eigenen Schmerz als Pfand der Liebe des anderen zu lieben, und jeder behütete seinen eigenen Schmerz und wachte über den Schmerz des anderen. Auf diese Weise erlangte ihr verliebter Zustand ein vollkommenes Gleichgewicht, wo jeder zum Zentrum des anderen vordrang, indem er die Territorien seiner Angst durchquerte und kontrollierte. Täglich vergewisserte sich jeder von beiden, ob die eigene Angst und des anderen Angst noch intakt seien. Ja, sie versuchten sogar, ihr Leiden noch zu steigern und zu vervollkommnen; zuerst, indem jeder sein eigenes Leiden vermehrte, dann, indem jeder sich bemühte, das Leiden des anderen zu vermehren. Sie lernten einander von Grund auf kennen und durchbohrten sich gegenseitig mit Geduld und Scharfsinn und ließen sich durchbohren. Jeder begleitete den anderen auf dem Weg zu einer unwiderruflichen Herabsetzung. Jetzt bereiten sie – keineswegs ahnungslos – sorgfältig die langsame, gewissenhafte gegenseitige Vernichtung vor.

90 DIE Stadt ist unsagbar arm. Schon seit geraumer Zeit haben ihre Bewohner es aufgegeben, die eigene Lage zu verbessern, und führen ein einsames, zurückgezogenes und schweigsames Leben. Langsam schrumpft die Bevölkerung, aber nicht, weil irgendjemand auswandert – niemandem steht der Sinn danach auszuziehen, um wie man sagt »das Glück zu suchen« –, sondern weil die Toten nicht ersetzt werden; wenn ein Kind geboren wird, was äußerst selten geschieht, dann wird es den Nachbarstädten angeboten, wo sich dann jemand findet, der es adoptiert. Die Häuser sind alt und aus einem Material gebaut, das schon jetzt die Merkmale eines andauernden und nunmehr überstürzten Verfalls aufweist. Es gibt keine richtigen Bauarbeiten, aber hin und wieder wird eine bestimmte Anzahl von Bewohnern angewiesen, ein paar Steine – drei oder fünf – von einer Straße in eine andere zu tragen. Wenn es fünf Steine sind, kommen zehn Bürger, und jeder schafft die Hälfte des Wegs; sie werden mit abgegriffenen, unleserlichen Münzen entlohnt, die in keiner Stadt mehr im Umlauf sind. Nicht selten verlieren sie sie, zumal es in der Stadt nichts zu kaufen gibt. Sie leben von den kümmerlichen Erträgnissen ihrer Obstgärten, die von Leuten angelegt wurden, die es weder schätzen noch verstehen, Obstgärten anzulegen. Da sie diese Gärten haben, gehen sie nie oder fast nie auf die Straße. Sie haben stets das Gefühl, daß es sofort zu regnen anfängt – ganz gleich, wie das Wetter ist. Es gibt keine Schneider, und ihre Kleider zerfallen allmählich, aber bei dem geringen Gebrauch, den sie davon machen, können sie damit auskommen bis zum vollständigen Erlöschen der Stadt. Der Ursprung solch großen Elends ist unbekannt. Wahrscheinlich ist es chaotischen Religionskrisen zuzuschreiben, die in tödliche Verwirrung mündeten. Oder einem Netz von gleichzeitigen Liebesenttäuschungen, die Männer und Frauen trennten und einige in die Einsamkeit trieben, andere in Ehen ohne Begehren und Liebe. In dieser Stadt verliebt sich seit vielen Jahren niemand mehr, und obwohl man in den langen leeren Stunden Liebesgeschichten liest, betrachtet man die Sache als ein unlauteres Spiel. Anfänglich kamen Studienkommissionen in die Stadt, um den Mechanismus dieses unglaublichen Elends zu verstehen. Ein Zirkus wurde eingeladen, der zwei Tage gratis auf dem Marktplatz spielte. Es kam ein einziger Mann – ein Tauber, der den Eindruck gewann, es handle sich um eine religiöse Totenfeier. Die anderen Bürger blieben alle in ihren Häusern und litten heftig unter dem prunkvollen Getöse. Man kann nicht sagen, daß sie das eigene Ende und das Ende der Stadt erwarten; dunkel wissen sie, daß sie das Ende sind.

91 IN seiner letzten Inkarnation war dieser Mann ein Pferd; er ist sich dessen durchaus bewußt, und zwar aufgrund untrüglicher Indizien: sein bevorzugtes Schuhwerk, die Nahrung, seine Art zu lachen. Trotzdem hat es ihn lange Zeit nicht beunruhigt; er weiß in der Tat, daß solche Lebenslagen zwar nicht selten, dafür aber nicht dauerhaft sind. Ein nachtwandelnder Freund – ehemals Uhu – wurde um die dreißig zum Tagmensch und hat jetzt Familie; und eine ehemalige Klapperschlange ist jetzt eine feinsinnige, in Erinnerung an sich vielleicht ein wenig giftige Kunstkritikerin. Mit fortschreitenden Jahren mußte er jedoch feststellen, daß seine Symptome keineswegs dazu neigten zu verschwinden, sondern sich im Gegenteil noch komplizierten. Das rief allmählich eine gewisse Beklemmung, ja Angst in ihm hervor, besonders wenn er sich zum Bocken, Ausbrechen und Sich-Aufbäumen getrieben fühlte, was einem Willen entsprang, der ihm dunkel blieb. Tatsächlich war ihm unbekannt, daß er nicht nur eine Inkarnation als Pferd besessen hatte, sondern gut und gern drei hintereinander. Das erste Pferd war ein gedrückter und untauglicher Klepper von schattenhafter Magerkeit gewesen – rasch verbraucht von träger und trister Geduld; ihm war ein mächtiger Karrengaul gefolgt – kräftig und ergeben; schließlich war er in ein kleines, mehr ehrgeiziges als kluges Rennpferd eingegangen – ein Stänkerer und Störenfried, der es fertigbrachte, mitten im Rennen stehenzubleiben und Geschichten zu machen. Alles in allem war keins der drei dazu angetan gewesen, ein gewisses Gefühl der Frustration in ihm zu tilgen, fast als hätten sie alle an derselben Niederlage, derselben Demütigung und derselben frühzeitigen Auszehrung teilgenommen. Der Herr, der einen Rest von Pferdhaftigkeit in sich spürte, hatte lange Zeit nur an ein einziges Pferd gedacht; erst nach und nach begann er zu argwöhnen, daß seine bizarren und unangemessenen Reaktionen auch von mehreren Pferden stammen könnten. Von diesem Augenblick an hat er sich darangemacht, die Pferde seiner Vergangenheit zunächst zu zählen, dann zu sortieren. Er hat das kleine Rennpferd wiedererkannt, hat ihm aber die Kraft des Karrengauls zugemessen und deshalb einen großen Traber in ihm vermutet; im übrigen bereitet es ihm große Mühe zu verstehen, ob es neben dem Rennpferd zwei, eins oder mehrere Pferde gibt. Indessen verschwinden seine Symptome keineswegs, sondern werden noch gemeiner, und er ist

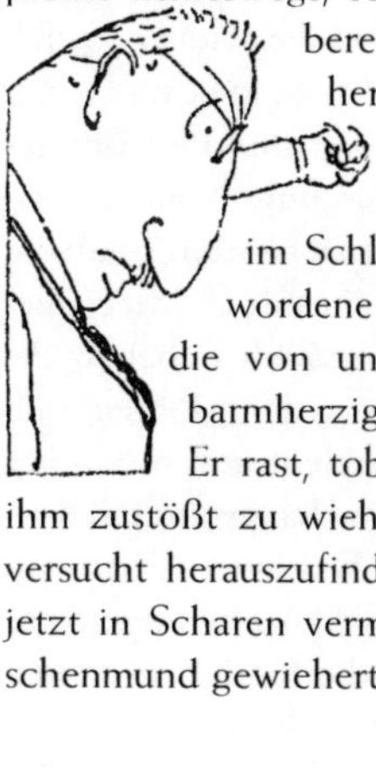

bereits gänzlich zermürbt. Je mehr er in sich herumstöbert, desto mehr Pferde glaubt er zu entdecken – galoppierende Pferde, Pferde im Regen, Pferde im Schlachthaus, wahnsinnig gewordene Pferde und Pferde, die von unbekannter und unbarmherziger Hand dressiert wurden. Er rast, tobt, wütet, weint, und wenn es ihm zustößt zu wiehern, dann bleibt er stehen und versucht herauszufinden, welches der Pferde, die er jetzt in Scharen vermutet, eben durch seinen Menschenmund gewiehert hat.

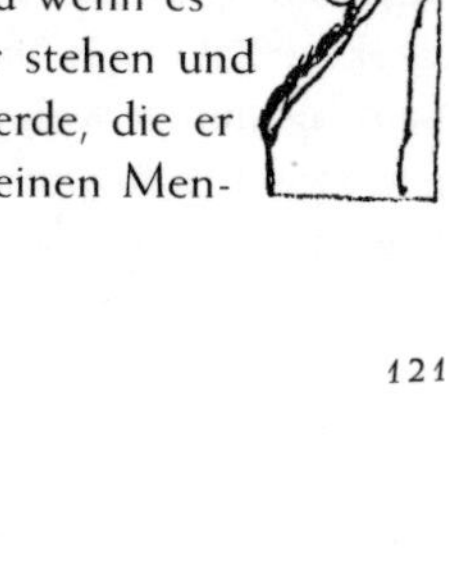

92 AN einem bestimmten Punkt der Straße angelangt, muß man mit der Möglichkeit rechnen, daß zwischen Felshängen und Gestrüpp Räuber versteckt sind. Die Räuber sind klein, mickrig, ausgezehrt und melancholisch; sie haben keine Feuerwaffen, sondern nur Holzknüppel, die wie Gewehre geformt sind, aber auf absolut kindliche Art. Keiner, der nicht ihr Komplize wäre, könnte sie als Straßenräuber fürchten; trotzdem birgt das Abenteuer, den Räubern zu begegnen, so viel Romantisches in sich, daß nur ganz wenige darauf verzichten, besonders in der schönen Jahreszeit. Man fährt in Kutschen aus, weil der Überfall in der Kutsche besser gelingt als mit dem Auto oder mit dem Zug. Gewöhnlich fahren ganze Familien aus, mitsamt Kindern und Dienerschaft. Für die Kinder ist der Überfall eine Art Einweihungsritus, und wer einmal überfallen worden ist, hat Geschichten zu erzählen bis zum Tage seiner Hochzeit. Tatsächlich geht in der Stadt niemand mehr ins Theater oder in den Zirkus, man bleibt lieber zu Haus und erzählt sich von den Räubern, besonders die, die überfallen wurden, denen, die es noch nicht wurden. Wenn eine Familie aus dem besseren Bürgertum ausfährt, dann nimmt sie eine vernünftige Summe Geldes mit – nicht zu großspurig und nicht zu knauserig – und ein wenig Krimskrams; vor allem aber jene gewissen Geschenke, die von Hochzeit zu Hochzeit wandern, und bei denen man nicht weiß, wohin damit. Wenn sie sich einem der Hinterhalte nähern, beschleunigen sie ostentativ ihre Fahrt und zeigen, daß sie auf dem Qui-vive sind, weil sie denken, daß dies die Räuber irgendwie ermutigen könnte und weil es den Bürgern als eine gesellschaftlich sinnvolle und lobenswerte Geste erscheint. Seit einiger Zeit sind die Räuber jedoch seltener geworden; die Überfälle sind zurückgegangen, und es hat eine Untersuchung gegeben, um festzustellen, was da wohl geschehen sein könnte. Wie es scheint, sind einige Räuber dazu übergegangen, in der Umgebung einer benachbarten Stadt im Hinterhalt zu liegen, wo die Leute sich nicht mit Hochzeitsgeschenken bewappnet überfallen lassen. Tatsächlich haben die Räuber, dank einer Kunstgeschichte in Fortsetzungsfolgen, sich neuerdings einen gewissen Geschmack zugelegt und haben gemerkt, daß ihre mit Alabasterwindhunden und lebensgroßen Puppen angefüllten Wohnungen häßlich sind. Das hat zu Spannungen zwischen den beiden Städten geführt, die sich ohnehin nie gewogen waren. Gegenwärtig fragt sich die Stadt, die immer seltener Überfälle erleidet – seit dem letzten ist bereits ein Monat vergangen – ob sie bestätigen soll, die Räuber bezwungen zu haben, oder ob sie versuchen soll, sie erneut durch interessanteres Diebesgut, wie Zeichnungen berühmter Meister, ledergebundene Bücher oder antike Truhen anzulocken.

93 DER Erfinder des schwarzen Schwans ist ein melancholischer Mann, der nur selten den Mantel auszieht und gern in einem wenn möglich etwas freundlicheren Universum leben würde; darum hat er den Schwan erkoren – ein elegantes, schweigsames und thalassales Tier – und hat ihm den Zauber einer vermeintlichen Witwerschaft verliehen. Er betrachtet den schwarzen Schwan als eine seiner glücklichsten Erfindungen, und der schwarze Schwan dankt es ihm, indem er ihn von weitem mit Augen voll inniger Melancholie ansieht. An nebligen Tagen geht der melancholische Herr frühmorgens zum Ufer des Sees und wartet mit zärtlichem Bangen auf das Erscheinen des einzigen schwarzen Schwans, den es gibt. Insofern er der einzige ist, ist er nicht im eigentlichen Sinn ein Witwer; aber darin liegt gerade das Subtile: daß es sich um eine innere Witwerschaft handelt, ein »Das-nicht-Vorhandene-verloren-Haben« – etwas also, das nicht durch irgendwelche Liebeserlebnisse getilgt werden kann, wie sie speziell dem schwarzen Schwan ausdrücklich versagt sind. Er ist unschlüssig, ob er noch einen zweiten schwarzen Schwan erschaffen und damit ein Paar bilden soll; im Geiste bewundert er das stille und königliche Schwanenpaar, aber er fürchtet, daß eine Paarschaft die Kohärenz jener traurigen Schwärze vermindern würde. Er könnte einen anderen schwarzen Schwan erschaffen, ihn aber nicht in den gleichen Wassertrakt setzen, sondern in einen fernen und unzugänglichen, zumal seine Schwäne einen kurzen Flug und schlaffe Flügel haben. Indes müßten die beiden Schwäne irgendeine Kenntnis von einem Artgenossen Schwan an anderem Ort in anderen Gewässern besitzen – beide die einzigen, die sich in diese Farbe kleiden; auf diese Weise wäre ihre Trauer nicht nur einer einsamen Sehnsucht überlassen, sondern würde sich – unheilbare Wunde – schmerzlicher gestalten durch die Gewißheit, daß da – unsichtbar und unerreichbar – ein Wesen existiert, mit dem ein Gespräch zu beginnen wäre. Er allein wüßte, wo sich die beiden schwarzen Schwäne aufhalten, und dieses gehütete Wissen würde nicht nur einen Schöpfer aus ihm machen – der er ja bereits ist – sondern darüberhinaus einen Schöpfer, der am Unglück seiner Geschöpfe mitwirkt – ein zweideutiges, doppelgleisiges Wesen also, das Bosheit und Liebe wechselt und mischt: wechselnd ist er furchterregend und überaus zart, mischend wird er zum Speicher des Unglücks der Welt, von welchem Unglück die beiden schwarzen Schwäne, die – einander bekannt und unbekannt – auf fernen und stillen Gewässern dahingleiten, nichts anderes sind als ein herzzerreißendes Beispiel.

94 ER biegt um die Ecke in der Gewißheit, daß ER dort ist und ihn erwartet, ihn vielleicht sogar freudig empfängt. Er findet nichts, und da rennt er schon durch die große Straße, überspringt die geschlossenen Stadttore, möchte vor IHM auf dem Platz sein. Aber der Platz ist leer. Also – entgegengehen nützt nichts, verfolgen aber auch nicht. Vielleicht möchte ER gern verfolgen. Er geht jetzt langsam – mit unnatürlicher Langsamkeit. Hin und wieder bleibt er stehen, wie um Dinge zu betrachten, die nicht existieren. Er entdeckt an sich Eigenschaften der Geduld aber auch eine gewisse Berufung zur Angst. Ruckartig dreht er sich um – hinter seinem Rücken ist nichts; trotzdem hat er das Gefühl, als sei etwas verschwunden, als hätte ein Wesen ruckartig beschlossen, vom Existieren abzusehen. Er fixiert die Leere, wie um zu bedeuten, daß er den Ort betrachtet, wo das war, was er zu treffen hoffte. Dann geht er weiter, jetzt mit gewollter, flegelhafter, unverschämter Gleichgültigkeit. Er weiß nicht, ob ER empfindlich gegen beleidigende Behandlung ist, er ist hingegen sicher, daß er IHN zu beleidigen wünscht. Er möchte angegriffen, geschlagen, gebissen werden; er möchte von einem Feind gefangengenommen und gequält werden. Da nichts geschieht, beginnt er schneller zu gehen, zu rennen; er rennt und krümmt sich und tut, als wäre er von etwas Schleimigem und Wildem, aber Lebendigem überfallen worden; er schreit, brüllt, schlägt Haken, überquert die Straße, um wie eine Beute – auch eine leichte Beute – zu erscheinen und zum Gegenstand einer erbarmungslosen Verfolgung zu werden. Er denkt sich als Rehbock, Wildschwein, Hirsch. Er beißt sich in die Hand, bis Blut heraustritt, denn er weiß, daß der Blutgeruch die Verfolger reizt; er besudelt ein Tuch mit Blut und wirft es sich über die Schulter, um eine Spur zu hinterlassen. An einem Kreuzweg angelangt bleibt er stehen und kauert sich hin und bedeckt Gesicht und Kopf mit den Händen – wie um sich gegen einen unmittelbar bevorstehenden unbarmherzigen Angriff zu schützen. Die Stille ist ungebrochen. Er streckt sich hin, als wäre er ohnmächtig oder tot, denn manche bevorzugen die verendende Beute – auch den Kadaver. Dann steht er wieder auf und setzt die Verfolgung fort, so als ginge er demjenigen entgegen, der ihn im gleichen Augenblick verfolgt. Wahrscheinlich gehen die beiden durcheinander durch, ohne es zu merken. Er hält inne, er ist am Ende. Er schaut hinauf zu den Fenstersimsen, geht quer über die Beete, pflückt Blumen – denn auch der Duft der Blumen kann Lockmittel sein. Er pißt sich über die Hände, um Wildgeruch, Geruch von Beutefleisch zu verbreiten. Es geschieht nichts, nichts ist je geschehen. Er setzt sich wieder instand, wäscht sich, wirft die Blumen weg. Er wird es morgen wieder versuchen, auf anderen Wegen, unter einem anderen Stern

95 MIT äußerstem Erstaunen bemerkte er an der Bushaltestelle ein schneeweißes Einhorn. Die Sache erstaunte ihn sehr, zumal im Traktat über die DINGE, DIE NICHT EXISTIEREN ein ganzes Kapitel vom Einhorn gehandelt hatte; er war damals ziemlich kompetent gewesen bezüglich der DINGE, DIE NICHT EXISTIEREN, und hatte ausgezeichnete Zeugnisse erhalten, ja sein Professor hatte ihn sogar ermuntert, ein Spezialist für DINGE, DIE NICHT EXISTIEREN zu werden. Es versteht sich von selbst, daß man beim Studium der DINGE, DIE NICHT EXISTIEREN auch die Gründe klarlegt, warum sie nicht existieren können, sowie die Modi, in welchen sie nicht existieren: zumal die DINGE unmöglich, widersprüchlich, unvereinbar, außerraumzeitlich, antihistorisch, rezessiv und implosiv sein und noch in vielen anderen Modi nicht existieren können. Das Einhorn war absolut antihistorisch, und doch stand da eins an der Bushaltestelle, und die Leute schienen sich nicht darüber zu wundern; aber des Außerordentlichen war noch kein Ende: das Einhorn tuschelte nämlich – man kann es nicht anders nennen – mit etwas, das er nicht sehen konnte; dann kam ein Bus und das Einhorn grüßte den Jemand, den er nicht sehen konnte und stieg ein, wobei es einen Ausweis wie man sagt »vorwies«; und da entpuppte der Jemand sich als ein Basilisk mittlerer Größe, mit sehr dicken schwarzen Augengläsern. Der Basilisk war ein kompliziertes Tier und seine Inexistenz gründete auf »Übermaß«; außerdem war er ein Tier, das als gefährlich beschrieben wurde – seine Augen besaßen »unmögliche« Kräfte – und ihm kommt der Gedanke, daß der Basilisk deswegen die Augengläser trug. Der Basilisk hatte eine Mappe unterm Arm, und als ein Bus näherkam, öffnete er sie und zog etwas heraus – war es nicht ein Medusenhaupt? – etwas, das sich die Busnummer ansah und sie ihm dann mitteilte, denn eins war klar: mit jenen Augengläsern konnte er nichts sehen. Der Spezialist in den DINGEN, DIE NICHT EXISTIEREN war ziemlich verwirrt; war er womöglich verrückt? Es schien ihm nicht so. Er begann, ziellos umherzuirren und begegnete einem Waldbock, einem Phoenix und einer Doppelschleiche auf dem Fahrrad; ein Satyr fragte ihn nach der Macedonio-Melloni-Straße und ein Herr mit dem Kopf mitten auf der Brust fragte ihn nach der Zeit und bedankte sich höflich. Als er dann anfing Feen, Elfen und Schutzengel zu sehen, hatte er den Eindruck, seit jeher in einer von den Menschen verlassenen oder mit Komparsen bevölkerten Stadt gelebt zu haben; und jetzt fragt er sich, ob nicht auch die WELT – ja gerade die WELT – ein DING sei, DAS NICHT EXISTIERT.

96 EIN traumgieriger Herr träumte so viel, daß es in dem Haus, in dem er wohnte, niemand anderem mehr gelang, etwas zu träumen, es sei denn während der Ferien, wenn der Träumer ans Meer oder in die Berge fuhr. Das war eine aufreizende und unmögliche Situation, und die Bewohner des Hauses – alles Leute aus gehobenen Schichten: Dozenten, Herzöge, Wohnungsbesitzer und ein internationaler Mörder – erhoben höflich Einspruch; der Herr antwortete nicht höflich und das Problem begann sich zu verschärfen. Niemand im Haus träumte mehr etwas, und auch in den Nachbarhäusern wurde nur noch wenig, klein und in schwarzweiß geträumt, denn der Herr träumte nur bunt und machte

Experimente mit drei Dimensionen. Der Streitfall kam vor Gericht, wo entschieden wurde, daß der Herr unrechtmäßig die Träume anderer Leute benutze, und daß er damit aufhören müsse, weil er gegen die Regeln der guten Nachbarschaft verstoße. Aber es ist natürlich nicht leicht, jemanden zu überreden, Träume zurückzugeben oder sich fremder Träume erst gar nicht zu bemächtigen. Der Herr träumte auch weiterhin alle Träume des Hauses, und nur dem internationalen Mörder gelang es ab und zu, einen dummen kleinen Traum zu träumen.

Aber der gierige Träumer merkte bald, daß etwas anders geworden war; da er sämtliche Träume seiner Mitbewohner träumte, und da alle Mitbewohner gegen ihn aufgebracht waren und – wenn sie gekonnt hätten – am liebsten Träume geträumt hätten, in denen er eine negative Rolle spielte, begann er jetzt Träume zu träumen, in denen außer ihm selbst noch ein anderes Selbst zugegen war – widerwärtig und brutal. Er versuchte, es aus seinen Träumen zu verjagen, aber ohne Erfolg. Nach und nach begann er, an Traumstörungen zu leiden. Er wurde rastlos und fing an, sich zu verachten. Die Träume waren voller Streitigkeiten, und oft kam er aus ihnen atemlos, gehetzt und psychologisch vernichtet hervor. Er wurde krank. Er siechte dahin. Er fiel in Depressionen. Endlich entschloß er sich, weniger zu träumen, und vor allem nicht mehr die Träume seiner Nachbarn zu träumen. In der Tat war es ihm geschehen, sich in einem Traum des Herzogs nicht wohl zu fühlen, und aus einem Traum des Mörders war er in kalten Schweiß gebadet erwacht. Jetzt haben alle im Haus wieder angefangen zu träumen. Es hat Freundschaftsbezeigungen gegenüber dem gierigen Träumer gegeben, er war jedoch zu deprimiert, um sie entgegenzunehmen. Seine Träume genügen ihm nicht mehr. Und jetzt kann man ihn manchmal sehen, wie er durch elende und berüchtigte Stadtviertel streicht und versucht, Träume von ungebildeten Leuten aus niederen Schichten zu stehlen; es sind keine schönen Träume, aber er ist jetzt traumsüchtig und würde zum Dieb und Räuber werden, nur um jede Nacht all diese Träume zu haben, auch fremde, auch häßliche und sinnlose – diesen ganzen abscheulichen Haufen von Träumen, die ihn zermürben und der Katastrophe entgegenführen.

97 MEINE Herren, Sie werden gebeten, dem Führer aufmerksam zu folgen; der Ort ist im Augenblick noch untätig – trotzdem können Gefahren auftreten; der Eingang ist niedrig, Achtung auf die Flügel. Bleiben wir vorläufig hier stehen; Sie können sich auf das Geländer stützen. Beachten Sie die Weitläufigkeit dieser Abteilung, die lediglich die erste ist. Ein Mensch würde Jahre brauchen, um sie zu durchqueren. Ein ganzes Leben wäre nicht ausreichend. Dort oben links sehen Sie eine Reihe von Zellen; sie sind mit Gittern aus unverrottbarem Eisen verschlossen, da das Leiden derer, die sich dort aufhalten werden, durch Wächter beobachtet werden muß. Es ist vorgesehen, daß die Zellen glühend heiß oder eiskalt sein können, je nach Fall. Die Gitter sind vermauert und haben keine Schlösser. Weiter unten sehen Sie eine Anzahl von Rechtecken, die wie Grabplatten aussehen; von dort aus steigt man in eine grabförmige Zelle hinab, deren Grund jedoch reines Feuer ist. Von außen leicht zu öffnen – ein einziges Mal – von innen unmöglich; ein Schlitz gestattet es zu beobachten, was innen geschieht. Folgen Sie mir jetzt nach links. Sehen Sie die riesigen Entlüfter an der gegenüberliegenden Wand: sie stoßen Finsternis aus. So unwahrscheinlich das klingt: die Finsternis kann endlos gesteigert werden; wer in die Finsternis getaucht ist, wird sie wachsen sehen – ununterbrochen, ewig. Bitte folgen Sie mir. Wir betreten jetzt einen unterirdischen Gang: beachten Sie die genagelten Pressen und die glühfähigen Ketten. Hören Sie, wie tief das Echo ist, wenn ich in die Hände klatsche; die Ausmaße sind gewaltig. Von hier bis wohin Ihr Blick reicht, gibt es bewegliche Speerspitzen, die alles durchdringen können. Hier wird man die Ersatzaugen aufbewahren, die denen eingesetzt werden, die unentwegt geblendet werden müssen. Achtung: zurücktreten! Hier öffnet sich ein Schlund mit vollkommen glatten und senkrechten Wänden, der nichtsdestoweniger zu Fuß durchlaufen werden muß, immer fallend und niemals fallend; er ist praktisch ohne Grund. Dies ist der Messersaal; natürlich bewegen sich die Messer selbsttätig. Dieser Fanghaken wird bei der Umstülpung gebraucht; die Eingeweide nehmen dann den Platz der Haut, des Kopfs und der Glieder ein; diese Handschuhe bestehen aus Würmern, die absolut alles fressen und es in einer Weise wieder ausscheiden, daß das Verschlungene aufs neue zusammengesetzt erscheint. Gegenwärtig sind die Würmer untätig. Dies ist der Ort des Bluts und des Urins. Meine Herren, ich sehe, daß es schon spät ist, und dieser Ort ist unendlich. Es wird Zeit benötigen, bis Sie gelernt haben, ihn zu durchlaufen und vor allem, ihn zu benützen. Ich möchte Sie bitten, morgen eine Stunde früher hier zu sein als sonst. Morgen ist der Tag der Schöpfung der Welt.

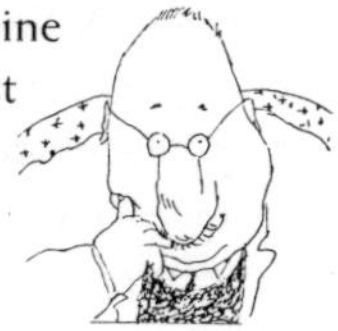

98 ANFÄNGLICH brachte die jäh demütige Frage ein leichtes Lächeln auf seine Lippen; aber er wußte, daß sein bizarr nachdenkliches Gehirn ihn zuweilen in ganze Märchen von Fragen, ganze Legenden von Antworten und mythologische Forschungen verstrickte. Er war weder Theologe noch Philosoph und wußte nicht – obgleich er es sich oft gefragt hatte – ob und gegebenenfalls welchem Glauben er angehörte. Er zog es vor, ein Glaubenswanderer zu sein. Später kam ihm das Problem wieder in den Sinn, mit einem unvermittelten, herrischen und unheimlichen Klang. Und zerstreut, aber nicht frei von Furcht, hielt er inne, um es zu betrachten. Das Problem war folgendes: Gab es einen Unterschied – und wenn ja, welchen – zwischen einem fünfminütigen Toten, einem fünfjährigen Toten, einem zweitausendjährigen Toten und einem fünfhunderttausendjährigen Toten? Wenn sterben bedeutet, das Nichts zu erlangen, dann machte jetzt zu sterben oder vor einer halben Million Jahren gestorben zu sein anscheinend keinen Unterschied. Aber ist das auch gewiß? Das Nichts ist das Nicht-Sein, aber es ist nicht gewiß, daß das Nicht-Sein die Zeit ausschließt. Wenn ich ein Nichts vor meiner Geburt und ein Nichts nach meinem Tod annehmen kann, dann läßt mich das vermuten, daß das Nichts gegen die Skandierungen der Zeit nicht unempfindlich ist, zumal das Nichts von vor der Geburt – wenigstens dank der Zeit – bestimmt nicht das Nichts von nach dem Tod ist. Also ist das Nichts nicht vorhanden, ist vielmehr eine zeitliche Ausdehnung; und die Toten wären an verschiedenen zeitlichen Orten des Nichts anzusiedeln. Der vor einer halben Million Jahren Gestorbene befindet sich also in einem Nichts, das dem Nichts des kürzlich Gestorbenen zeitlich fremd, wenngleich nicht ohne Zusammenhang mit ihm ist. Er wußte aber, daß andere die Toten im Schlummer eines gefühllosen Schlafs wähnen – in Erwartung des Jüngsten Gerichts. Bewahrt sie der Seelenschlaf, oder altern sie auf irgendeine Weise? Und wenn sie nicht altern – haben sie dann Träume? Ein Traum in jedem Jahrhundert würde genügen, um die Seelen altern zu lassen, und der Tote von einer halben Million Jahren wäre dann also ein weißhaariger Toter, vielleicht sogar der König der Toten. Doch folgen wir einmal der unglaublichsten und meistgeglaubten Vorstellung, daß der Tod mit einer Offenbarung, einer Entdekkung zusammenfällt: dann wird es unvermeidlich sein, daß der kürzlich Gestorbene jünger und unerfahrener ist als der auch nur ganz wenig früher Gestorbene. Und wird dieser winzige Unterschied jemals heilbar sein – selbst in den ewigen Ausdehnungen des Aufenthalts? Und weiterhin beunruhigt ihn jener namenlose Tote, jener erste Entwurf einer Seele, die jetzt eine halbe Million, eine Million Jahre zählt. Es hat also einen »Ersten« gegeben, der eintrat in was immer es sei, Nichts, Licht, Ewigkeit – eine leere Ewigkeit, in die er verwirrt und zerzaust eintritt, ohne zu begreifen, wie ihm geschieht, ein Mann als Entdecker des Jenseits? Und dieser Mann wäre jetzt also ein alter, ein uralter Toter, und die anderen Toten müßten ihn grüßen, er selbst müßte ihn grüßen – den einzigen Toten mit der vollständigen Erfahrung eines Toten?

99 ER legt sich aufs Bett, der junge Mann, und sucht geduldig und vorsichtig eine Haltung, die er als »Unterwerfungshaltung« bezeichnet. Zunächst einmal muß er sich versichern, daß ihm diese Haltung zugebilligt wird; und deshalb muß er sich bemühen herauszufinden, welches die Beziehung seiner Beine, seiner Arme, seines Bauchs und schließlich auch seiner Finger, seiner Haare, seiner Nägel und seiner Augen zur gesamten Welt sei. Jedesmal erscheint ihm diese Versicherung unsinnig und manisch; trotzdem vermag er seine Forschung auf keine andere Weise zu beschreiben. Außerdem besteht kein Zweifel, daß er in dem Augenblick, in dem er seine Untersuchung einleitet, geistig eine Geste der Extraktion aus der Welt ausführt und dadurch – sei es auch nur als reines dialektisches Spiel – nicht Welt ist. An diesem Punkt ist alles, was mit ihm in Berührung kommt, der Anfangspunkt der Welt, und die ganze Welt beginnt nahtlos am Berührungspunkt seines Körpers mit der Welt. Zuweilen, ja sogar sehr oft, befinden sich sein Körper und die Welt nicht im Frieden: seine Beine empfinden die Welt als eine rauhe und unnachgiebige Scheide, die Arme ertrinken in der Welt, und die Welt hält seine Nägel fest, auf daß sie sie nicht kratzen. Dann weiß er, daß die Friedenshaltung ihm versagt ist; er sucht sie nicht weiter, sondern lagert sich irgendwie, immer weiter kämpfend, schließt die Augen und neigt weniger zum Schlaf als zur Bewußtlosigkeit, die er als eine Kriegslist gegenüber der Welt betrachtet. Zuweilen enthält sich die Welt; sie berührt seinen Körper nicht und scheint von seinem Willen, der Anfang der Welt zu sein, nichts zu wissen. Dann versucht er, sie zu verführen und ihr mitzuteilen, daß er nicht im Frieden sei mit der Welt, wohl aber ihrer Totalität und allen ihren Seinsweisen bedingungslos ergeben. Er kauert sich auf den Bettrand und legt die Beine so zusammen, daß sie ein wenig herausragen, um zu bedeuten, daß er sich nicht mehr verteidigt, sondern sich vorgenommen hat, in die Welt einzutreten, seinen Körper so auszurichten, daß er – nein, nicht mehr der Anfang der Welt, sondern einfach ein Ort der Welt sei. Wenn diese Geste angenommen wird, verschränkt er die Arme und inspiziert bei geschlossenen Augen alle Teile seines Körpers. Wenn keiner der Körperteile flüchtig oder rebellisch ist und keine Verzweiflung oder Zeichen von Verfolgung verrät, dann bittet er den eigenen Körper, sich zu lösen, seine Fesseln zu entknoten und zuzulassen, daß das, was den Nägeln eigen ist in den Bauch eindringe und das Auge Kunde vom großen Zeh erhalte. Damit dies geschehe, ist es notwendig, daß die Welt vom Körper Besitz ergriffen habe und somit der seltene und erlesene Augenblick der Unterwerfung gekommen sei; dann kann er endlich annehmen und kann – wenn die Schwerter seines täglichen Lebens erst einmal verwahrt sind – endlich schlafen.

100 EIN Schriftsteller schreibt ein Buch über einen Schriftsteller, der zwei Bücher über zwei Schriftsteller schreibt, von denen einer schreibt, weil er die Wahrheit liebt, der andere, weil sie ihm gleichgültig ist. Von diesen zwei Schriftstellern werden insgesamt zweiundzwanzig Bücher geschrieben, die von zweiundzwanzig Schriftstellern handeln, von denen einige lügen aber nicht wissen, daß sie lügen, indes andere wissentlich lügen, wieder andere die Wahrheit suchen aber wissen, daß sie sie nicht finden können, während noch andere schon glaubten, sie gefunden zu haben, und an ihr zu zweifeln beginnen. Die zweiundzwanzig Schriftsteller produzieren insgesamt dreihundertvierundvierzig Bücher, die von fünfhundertneun Schriftstellern handeln, da in mehr als einem Buch ein Schriftsteller eine Schriftstellerin heiratet und mit ihr drei bis sechs Kinder hat, allesamt Schriftsteller, außer einem, der in einer Bank arbeitet und bei einem Bankraub ums Leben kommt; und dann entdeckt man, daß er zu Hause gerade an einem wunderschönen Roman über einen Schriftsteller schrieb, der in eine Bank geht und bei einem Bankraub ums Leben kommt. Der Bankräuber ist in Wirklichkeit ein Sohn des Hauptschriftstellers in einem anderen Roman und hat einfach deshalb den Roman gewechselt, weil es ihm unerträglich war, weiterhin mit seinem Vater zusammenzuleben, der Romane über den Verfall des Bürgertums verfaßt hat, im besonderen eine Familiensaga, in der auch ein junger Nachfahre eines Romanschriftstellers vorkommt, der eine Saga über den Verfall des Bürgertums verfaßt hat – welcher Nachfahre von zuhause wegläuft und Bankräuber wird, und bei einem Überfall auf eine Bank einen Bankier tötet, der aber in Wirklichkeit ein Schriftsteller – doch nicht nur das, sondern auch noch sein eigener Bruder ist, welcher sich im Roman geirrt hatte und mit Hilfe von Empfehlungsschreiben versuchte, den Roman zu wechseln. Die fünfhundertneun Schriftsteller schreiben achttausendzwei Romane, in denen rund zwölftausend Schriftsteller vorkommen, welche sechsundachtzigtausend Bände schreiben, in denen ein einziger Schriftsteller vorkommt, ein manisch-depressiver Stotterer, der ein einziges Buch über einen Schriftsteller schreibt, der ein Buch über einen Schriftsteller schreibt, das er aber nicht zu beenden gedenkt, vielmehr schlägt er ihm einen Treffpunkt vor und tötet ihn, wodurch er eine Kettenreaktion hervorruft, durch welche die zwölftausend, die fünfhundertneun, die zweiundzwanzig, die zwei Schriftsteller sterben, sowie der einzige Urschriftsteller, der damit sein Ziel erreicht hat, mithilfe seiner Mittelsmänner den einzig notwendigen Schriftsteller zu entdecken, dessen Ende das Ende aller Schriftsteller bedeutet, eingeschlossen ihn selbst, den Schriftsteller und Urheber aller Schriftsteller.

COMMESTIBILI
BURRO NATURALE

Im Reich von Manganelli

Ein Interview mit
Ludovica Ripa di Meana

Giorgio Manganelli ist ein ziemlich häßlicher, zweifelsohne fetter Mann, dennoch wirkt seine Häßlichkeit nicht abstoßend, da er eine Eigenschaft hat, die einer seiner Musikfreunde folgendermaßen definierte: »Du bist nicht anthropomorph«. Man kann ihn also nicht einordnen.

Giorgio Manganelli, für seine Freunde der MANGURU, ein ausgestorbenes, zoologisches Wunder, dessen einzig übriggebliebenes Exemplar er ist, läßt seinen Sarkasmus noch bissiger erscheinen, indem er seinen Tee lediglich nippt und dabei die Schokoladentorte und sein Selbstbildnis zerbröckelt.

Die Wohnung ist eine Bücherhöhle, die Bücher stehen und liegen dichtgedrängt überall vom Fußboden bis zur Decke. Durch die Höhle zieht sich ein Weg wie durch ein Labyrinth. Die Illusion, daß dieses unnütze Wesen eine Wohnung sein soll, wird einem so ein für alle Mal genommen.

Es ist schön, die Stunden mit Manganelli zu verbringen, sowohl ihn zu lesen, als auch ihn zu hören. Man geht nach Hause mit der Lust, im Wörterbuch nachzuschlagen. Er hätte Psychoanalytiker werden können. Früher war er sehr zerbrechlich und sehr wehrlos. Aber seine vorzügliche, herausragende Intelligenz hat ihn mit den Jahren gestärkt. Jetzt ist er der »Schwarze Mann« geworden. Aber früher?

Man weiß, daß er 1921 in Mailand geboren ist, daß er als Kind mit den kleinen Mädchen spielte, weil er Angst vor Jungen hatte, daß er immer der erste gewesen ist, nicht seiner Klasse, sondern der ganzen Schule, und daß er sich unerbittlich ferngehalten hat jedwedem Sport.

Aber um die unklaren Fetzen seiner möglichen Biographie wieder zusammenzuflicken, lassen wir ihn selbst wieder sprechen. Spöttisch und inspiriert fährt Manganelli fort, von sich zu reden, immer in der dritten Person, indem er den Text eines Schutzumschlages nachäfft:

Er hat jung geheiratet und ist noch jünger geschieden worden. Seine Ehe ist eigentümlich fruchtbar. Er hat eine Tochter, die er für eine der besten Gestalten Dostojewskis hält, und er legt seine Hoffnung in drei wahrscheinliche, aber feinsinnige Vorstellungen: daß er ziemlich jung stürbe, um wiedergeboren werden zu können, als Sohn seiner eigenen Tochter.

Schlecht und unglücklich, zerlumpt und neurotisch mußte er dem Beruf des Lehrers nachgehen. Was er auch immer gelehrt hat, er war ein schlechter Lehrer von 1947 bis 1971.

Am 15. Juli 1953, dem von ihm so genannten Unabhängigkeitstag, verließ er Mailand, um der peinlichen Wahl zwischen einem gewaltsamen Tod oder einem geistigen Verfall zu entgehen. Er kam nach Rom, und seitdem haßte er jahrelang Mailand. Es gelang ihm dennoch, wieder nach Mailand zu gehen, ohne die »Madonnina« – den Dom, das Wahrzeichen von Mailand – zu sehen.

Roccabianca ist sein Geburtsort in der Emilia Romagna, wenige Kilometer vom Po entfernt, in der Nähe von Parma. Deshalb hat er zum Essen eine brutale und verhängnisvolle Beziehung. Er hat mit den Ravioli gerauft, sich durch die Unzucht des Lambrusco verführen und die Unverschämtheiten des lokalen Käses hinreißen lassen. Er hat sich in kreisrunden Torten beruhigt. Obwohl er darüber erstaunt ist, ist er kein Alkoholiker, er raucht nicht und haßt die Menschen, die während des Essens rauchen. Im Dezember 1960 begann er, auf absolut unverständliche Weise ein Buch zu schreiben. Seitdem schreibt er, und wahrscheinlich ist dies die einzige lasterhafte Gewohnheit, die er angenommen hat.

Manganelli sagt uns, daß er Mailand gehaßt habe, seitdem er in Rom war, warum?

Mailand war seine Kindheit und alles, was damit verbunden ist. Wahrscheinlich ist ein Rest von Frustration zurückgeblieben, über den er nicht spricht.

Vielleicht hat die Analyse den Schriftsteller, der eingeschlossen war in der Hülle eines schlechten Lehrers, befreien können.
Welcher literarischen Bewegung gehört er an?
Der der makkaronischen Dichtung, und der »mehrsprachigen« Literatur, d. h. einem Stil, der das Hochitalienische mit Umgangssprachlichem und dialektischen Ausdrucksweisen durchsetzt. Der Stil, der Carlo Emilio Gadda als geistigen Vater hat.
Bemerkenswert ist die Reaktion Gaddas auf die Veröffentlichung des ersten Buches von Manganelli, »Hilarotragoedia« (»Niederauffahrt«) 1964.
Gadda las den Titel und nicht das Buch. »Dieser Mensch da plagiiert mich«, begann er zu brüllen.
»Meine *Erkenntnis des Schmerzes* ist eine *Hilarotragoedia*«, und er schrie noch immer, als er vor der Tür von Manganellis Haus erschien, der inzwischen an der Piazza delle Coppelle wohnte. Es war zwei Uhr nachmittags, einige Minuten vorher waren an derselben Tür (auch ohne Vorankündigung) die Frau und Tochter Manganellis erschienen. Der Neoschriftsteller hatte die Freude (oder nicht), nach zehn Jahren das erste Mal seine Verwandten wiederzusehen. Die Situation war typisch – sowohl für Manganelli wie auch für Gadda.
Manganellis Verfolgungswahn triumphierte, indem er explodierte: »Sie verfolgen mich!«. Der Grund einer rasenden Reaktion war die Angst vor der Konfrontation mit seiner Frau und seiner Tochter, die ihm den Atem raubte.
Als Gadda die verzweifelte Unschuld Manganellis betrachtete, wurde ihm klar, daß sein unvergleichbares Doppel genauso unschuldig war wie er selbst.

Widerstrebend spricht Giorgio Manganelli von sich, aber er hat keine Schwierigkeit, in Metaphern von sich zu erzählen. Er kann lange über eine x-beliebige Sache sprechen, vorausgesetzt, daß durch Vermittlung der Sprache und Ironie eine Abstraktion daraus wird.

DIE LIEBE

Das Wort Liebe ist eines der »parole totali«, die wir benutzen. Mit »parola totale« meine ich alle Wörter, die nicht zu definieren sind, wenn man sie definieren will. Man lebt ausschließlich große Lieben. Wenn eine Liebe nicht groß ist, hat sie nicht viel Sinn. Nehmen wir an, daß unsere Biographie aus einer Serie von Schrullen besteht, dann kann man sagen, daß die Liebe ein Gespräch, ein Handel, ein Austausch von Botschaften ist zwischen Dyonisos und unseren Schrullen.

Das erklärt die Mischung aus Wildheit, Größe und Dummheit unserer Lieben.

Je größer diese Lieben sind, um so gewaltiger wird diese Mischung.

Es gibt in der Tat keine Verfluchung, die die Gier und die Stumpfsinnigkeit der großen Liebe erreichen kann.

Das Strafgesetzbuch befaßt sich zwar mit der Verunglimpfung der Flagge, aber ich habe mich immer gefragt, warum in diesem Buch ein Gesetz fehlt, das die große Liebe straft. Apropos: was diese Schrulle angeht, so scheint mir die Ehe ein Beispiel eines mißverstandenen Ticks, wie ein lebenslänglicher Schluckauf, zu sein. Andererseits kann niemand die soziale Wichtigkeit der Ehe leugnen, die die notwendige Voraussetzung für den Ehebruch und auch für den Gattenmord ist. Sicherlich ist ein Gattenmörder stark beschäftigt mit seiner Aufgabe zu lieben.

Es gibt so viele Gründe, um Gattenmörder zu werden, nicht nur die Eifersucht, es genügt schon ein fortwährendes, aufreizendes, geräuschvolles Schmatzen beim Essen.

DAS GELD

Unser Verhältnis zum Geld ist ein sehr komplexes.

Unsere wahren Geldbeutel sind unsere geschlechtlichen Reize. Und damit stellen wir unseren Wert dar. Man spricht von Hodensack, und die wörtliche Bedeutung ist Tasche. Das Geld hat eine ironische Eigenschaft, der wir uns schlecht zur Wehr setzen können. Du mußt nur genügend davon besitzen, um Dir alles kaufen zu können. Alles, außer dem Wesentlichen, das ist seine schreckliche Ironie. Deshalb ist das Geld sehr klug.

Das Geld ist nicht bourgeois, trotz seines Scheins ist es erstklassig und wirklich atheistisch.

Aber es weiß, daß Du diese Eigenschaft nicht hast. Es fordert Dich ständig heraus: »Nimm, los nimm weiter! Sehen wir, was Du jetzt mit mir machst, was willst Du? Orangensaft oder ein bißchen Gott?«

Wenn ich an das Wort Geld denke, fallen mir nicht Banknoten ein, sondern »Goldstücke«, diese falsche Taschensonne, wenn Du es rausziehst, guckt es Dich an, und sofort macht es sich über Dich lustig, das ist dieser schreckliche Sarkasmus des Geldes, der uns frustriert.

DAS GESCHLECHT

Genau so sarkastisch wie das Geld ist der Sex, er redet Dich an und sagt Dir, »also Sterblicher, Du kannst andere Wesen machen, folglich bist Du unsterblich, Du bist das Resultat eines sexuellen Aktes, wie er schon seit der Eiszeit üblich ist«.

Auch bei den Neandertalern.

Denke an Deine Ahnen und an den Manganelli, der vor zwei Millionen Jahren lebte. Wenn er nicht eine gewisse Anzahl Handlungen durchgeführt hätte, würdest Du heute keine Witze über ihn machen können. Du würdest nicht sein, deshalb ist Dein Ahne ewiglich. Und Du wunderst Dich nicht, wenn Du auch ein gemeines Wesen, ein geringfügiges Wesen, ein niedriges und gleichzeitig ein großartiges Wesen bist. Weil Deine Existenz die Existenz von allem ist, was irgendwie existiert, und natürlich ist das eine Ausnahme des Nichts. Die Tatsache, eine Ausnahme des Nichts zu sein durch die Genitalorgane, ist derart grotesk und so ein Witz, daß ein Spott hinter all dem stecken muß.

DIE NAHRUNG

Die Nahrung existiert nicht, sie ist eine Abstraktion. Wir benötigen Abstraktionen zum Leben, daher setzen wir äußerst komplizierte Mechanismen in Bewegung, mit denen wir Nahrung in Abstraktion verwandeln.

Es ist ein Wiederwachrufen, was ich die »Toten essen« nennen würde. Wir essen die Toten unseres Lebens, weil sie zu Kotelett, Ossobucco und Risotto geworden sind. Das ist eine unbestreitbare Tatsache. Ich weiß sehr gut, daß es Fälle gibt, in denen esse ich Mamma und Papa, und dieses ist so typisch, daß ich es sehr gut wiedererkenne, daß ich für eine bestimmte Zeit immer dieselbe Sache esse, weil ich dadurch in Gesellschaft dieses Toten bin. Ich esse immer dieselbe physische Gestalt, z. B. Ossobucco, in den sich ein Tod verwandelt hat. Warum sollten sonst die Menschen unverhältnismäßig nervös werden, wenn sie etwas gegessen haben, was ihnen nicht schmeckt, weil man ihnen den falschen Tod angeboten hat, oder aber er wollte doch keinen Toten essen, sondern etwas von den anwesenden Lebenden. Man muß äußerst aufmerksam sein, wenn man sich eine Person auswählt, mit der man essen geht. Es gibt Personen, mit denen kann man nichts essen, ohne daß sie Dich berühren. Alles wird beschmutzt und verfälscht, und Dir wird klar, daß Du gerade dabei bist, einen unfruchtbaren Kult zu begehen. Und die geistige Wirksamkeit des Essens wird völlig zerstört.

DIE SCHÄNDLICHKEIT

Die Schändlichkeit ist etwas, das ich nicht aufgeben kann, bei dem ich mich nicht wohl fühle, aber etwas, worauf ich in keinem Fall verzichten würde.

Für mich ist sie so notwendig wie die Nacht, um zu wissen, daß der Tag existiert. Wir betreten jedesmal den Tag mit einem Wörterbuch der Nacht, begleitet von nächtlichen Erklärungen. Die Schändlichkeit ist etwas, das mir erlaubt, nicht zu gehorchen und meinen Namen wie ein provisorisches Leichentuch zu betrachten. Es ist eine »Suburra«, wo mein Leben – das Leben dieses verrufenen Stadtteils und nicht mein biographisches Leben – beschützt wird durch eine anonyme Masse, in die ich mich einschleichen, niederducken und verstecken kann.

DIE REISE

Reisen ist eine sehr aufregende und sehr enttäuschende Erfahrung. Man kann wirklich sagen, daß die Erde rund ist und sich in einer Richtung bewegt. Es ist kein Zufall, auch aus einem rein strukturellen Gesichtspunkt, daß die Erde rund ist, und daß Du, wenn Du in eine Richtung gehst, genau das Gegenteil tust von dem, was Du tätest, wenn Du in die entgegengesetzte Richtung gingest. Der absolut spöttische Charakter der kugelförmigen Gestalt des Globus kann uns kaum entgehen. Die einzig interessante Sache beim Reisen ist, Orte zu finden – jetzt gibt es allerdings fast keine mehr –, wo der Mensch etwas Fremdes ist. In diesem Fall zeigt sich die Erde aufs neue wie eine Kugel, auf der niemand sich bewegt und die deshalb noch nicht begonnen hat, mit Sarkasmus den Menschen zu bearbeiten.

GIORGIO MANGANELLI wurde am 15.11.1922 in Mailand geboren, studierte und lehrte englische Literatur. Er starb am 28.5.1990.

Hilarotragoedia. Prosa. Mailand 1964 (deutsch unter dem Titel »Niederauffahrt«, Berlin, Wagenbach, 1967)
Nuovo commento. Prosa. Turin 1969 (deutsch unter dem Titel »Omegabet«, Berlin, Wagenbach, 1970)
Agli dèi ulteriori. Prosa. Turin 1972 (deutsch unter dem Titel »An künftige Götter«, Berlin, Wagenbach, 1983)
A e B. Mailand 1975 (deutsch unter dem Titel »A und B. Dialoge und unmögliche Interviews«, Berlin, Wagenbach, 1991)
Sconclusione. Prosa. Mailand 1976 (deutsch unter dem Titel »Unschluß«, Berlin, Wagenbach, 1978)
Pinocchio: un libro parallelo. Turin 1977 (deutsch unter dem Titel »Pinocchio: Ein Parallel-Buch«, Frankfurt, Frankfurter Verlagsanstalt, 1990)
Centuria. Prosa. Mailand 1979 (deutsch in der vorliegenden Ausgabe)
Amore. Mailand 1981 (deutsch unter dem gleichen Titel, Berlin, Wagenbach, 1982)
Manganelli furioso. Handbuch für unnütze Leidenschaften. Berlin, Wagenbach, 1985
Dall'Inferno. Prosa. Mailand 1985 (deutsch unter dem Titel »Aus der Hölle«, Berlin, Wagenbach, 1986)
Tutti gli errori. Mailand 1986 (deutsch unter dem Titel »Brautpaare und ähnliche Irrtümer«, Berlin, Wagenbach, 1988)
Giorgio Manganellis Lügenbuch. Berlin, Wagenbach, 1987
Rumori o voci. Mailand 1987 (deutsch unter dem Titel »Geräusche oder Stimmen«, Berlin, Wagenbach, 1989)
Improvvisi per macchina da scrivere. Mailand 1989
La palude definitiva. Prosa. Mailand 1991 (deutsch unter dem Titel »Der endgültige Sumpf«, Berlin, Wagenbach, 1993)
Esperimento con l'India. Mailand 1992 (deutsch unter dem Titel »Das indische Experiment«, Berlin, Wagenbach, 1994)
La notte. Prosa. Mailand 1996 (deutsch unter dem Titel »Kometinnen und andere Abschweifungen«, Berlin, Wagenbach, 1996)

Lauter Narren und Exzentriker

Djuna Barnes
Verführer an allen Ecken und Enden
Ratschläge für die kultivierte Frau
Schonungslose, witzige Erzählungen über die Langweiligkeit des Natürlichen, mit allen möglichen und unmöglichen Ratschlägen für die kultivierte Frau und ihre Verführer.
Aus dem Amerikanischen von Inge von Weidenbaum
SVLTO. Rotes Leinen. 80 Seiten

Jorge Luis Borges
Lotterie in Babylon
Die schönsten Erzählungen des Doyens der lateinamerikanischen Literatur. Geschichten über abenteuerliche Gestalten und unerhörte Ereignisse.
Ausgewählt von Fritz Arnold
SVLTO. Rotes Leinen. 160 Seiten

Luigi Malerba
Die nachdenklichen Hühner
Mit 15 neuen Eiern im Hühnerstall
»Ein treffendes Bild der menschlichen Seele in all ihren hühnerhaften Aspekten.« Italo Calvino
Aus dem Italienischen von Elke Wehr
SVLTO. Rotes Leinen. 80 Seiten mit Abbildungen

Javier Marías
Während die Frauen schlafen
Erzählungen
Geisterhafte Geschichten um schlafende Frauen, Doppelgänger und seltsame Nachrichten aus dem Jenseits.
Aus dem Spanischen von Renate Zuniga
SVLTO. Rotes Leinen. 160 Seiten

Manuel Vázquez Montalbán
Robinsons Überlegungen angesichts einer Kiste Stockfisch
Robinsonade eines Weihbischofs: Auf einer unbewohnten Insel besingt der füllige Gourmet angesichts einer Kiste Stockfisch die Schlemmerei. Ein Hoch auf alle Segler und Feinschmecker.
Aus dem Spanischen von Michael Hofmann
SVLTO. Rotes Leinen. 96 Seiten mit Abbildungen

Edith Sitwell
Englische Exzentriker
Berühmte Exzentriker aus dem unerschöpflichen englischen Fundus, denen Dame Edith Sitwell, selbst Exzentrikerin von höchsten Gnaden, mit diesem Buch ein bleibendes Denkmal errichtet hat.
Aus dem Englischen und mit einem Vorwort von Kyra Stromberg
SVLTO. Rotes Leinen. 144 Seiten mit vielen Photos

Fernando Pessoa
Ein anarchistischer Bankier
Ein ganz ausgefallenes Abendessen
Zwei unerhörte Prosastücke des großen portugiesischen Dichters: »Ein anarchistischer Bankier« aus Lissabon und »Ein ganz ausgefallenes Abendessen« in einem nicht ganz geheuren Berlin.
Übersetzt und mit einem Nachwort von Reinhold Werner
SVLTO. Rotes Leinen. 96 Seiten

Lytton Strachey
Das Leben, ein Irrtum
Acht Exzentriker
Eine Wiederentdeckung: Lytton Strachey, einer der brillantesten Köpfe aus dem Freundeskreis um Virginia Woolf, beschreibt sieben geniale Exzentriker und eine große Französin.
Aus dem Englischen von Robin Cackett
SVLTO. Rotes Leinen. 96 Seiten mit Abbildungen

Javier Tomeo
Der Marquis schreibt einen unerhörten Brief
Roman
Eines der heitersten und exzentrischsten Werke der spanischen Gegenwartsliteratur. Mit Zeichnungen des Autors.
Aus dem Spanischen von Elke Wehr
SVLTO. Rotes Leinen. 104 Seiten

Wenn Sie mehr über den Verlag und seine Bücher wissen möchten, schreiben Sie uns eine Postkarte. Wir schicken Ihnen gern die *Zwiebel*, unseren Westentaschenalmanach mit Texten aus unseren Büchern, Photos und Nachrichten aus dem Verlagskontor. Kostenlos, auf Lebenszeit!

Verlag Klaus Wagenbach Emser Straße 40/41 10719 Berlin

Irrläufe
erschien wiederholt, und diesmal als vierundneunzigster *SVLTO*,
mit einem neuen Vorwort von Italo Calvino im August 2000

Das italienische Original erschien unter dem Titel »Centuria« bei Rizzoli in Mailand, der deutsche Titel wurde mit dem Autor vereinbart.
Das Interview, übersetzt von Carlotta Edzard, erschien zuerst im »Europeo« am 23.3.1981; die Porträts Manganellis von Tullio Pericoli erschienen sämtlich in der italienischen Tageszeitung »La Repubblica«.

© 1979 Rizzoli Editore, Mailand
© für die deutsche Übersetzung 1980, 1989, 2000:
Verlag Klaus Wagenbach, Emser Straße 40/41, 10719 Berlin
Das Vorwort schrieb Italo Calvino für die französiche Übersetzung, 1979.
© 1994 Palomar srl. und Arnoldo Mondadori spa., Mailand; mit freundlicher Genehmigung von The Wylie Agency UK Ltd., London.
Übersetzt von Marianne Schneider.
Umschlaggestaltung: Groothuis & Consorten, unter Verwendung des Bildes *Rotation of Ballerina and Parrots* von Fortunato Depero
(© VG Bild-Kunst, Bonn 2000)
Gesetzt aus der Borgis Weiss Antiqua von Utesch Satztechnik, Hamburg
Gedruckt und gebunden von Clausen & Bosse, Leck
Printed in Germany. Alle Rechte vorbehalten
Die Fotos auf den Seiten 135 bis 141 stammen von Isolde Ohlbaum

SVLTO ist patentgeschützt.
ISBN 3 8031 1193 5